TCHEKHOV
EM DUAS PEÇAS

Títulos originais: *The Cherry Orchard; The Three Sisters*
copyright © Editora Lafonte Ltda. 2022

Todos os direitos reservados.
Nenhuma parte deste livro pode ser reproduzida por quaisquer
meios existentes sem autorização por escrito dos editores.

Direção Editorial	*Ethel Santaella*
Tradução	*Ciro Mioranza*
Texto de capa	*Dida Bessana*
Revisão	*Rita del Monaco*
Capa e diagramação	*Marcos Sousa*
Ilustração de Capa	*Shutterstock*

Dados Internacionais de Catalogação na Publicação (CIP)
(Câmara Brasileira do Livro, SP, Brasil)

```
Tchekhov, Anton, 1860-1904
   Anton Tchekhov em 2 peças / Anton Tchekhov ;
tradução Ciro Mioranza. -- São Paulo : Lafonte, 2022.

   Conteúdo: As três irmãs -- O jardim das cerejeiras
   Título original: The cherry orchard ; The three
sisters
   ISBN 978-65-5870-312-9

   1. Teatro russo I. Título. II. Título: As três
irmãs. III. Título: O jardim das cerejeiras.
```

22-136910   CDD-891.72

Índices para catálogo sistemático:

1. Teatro : Literatura russa   891.72

Cibele Maria Dias - Bibliotecária - CRB-8/9427

Editora Lafonte

Av. Profª Ida Kolb, 551, Casa Verde, CEP 02518-000, São Paulo-SP, Brasil – Tel.: (+55) 11 3855-2100
Atendimento ao leitor (+55) 11 3855-2216 / 11 3855-2213 – atendimento@editoralafonte.com.br
Venda de livros avulsos (+55) 11 3855-2216 – vendas@editoralafonte.com.br
Venda de livros no atacado (+55) 11 3855-2275 – atacado@escala.com.br

TCHEKHOV
EM DUAS PEÇAS

As Três Irmãs

O Jardim das Cerejeiras

Tradução: CIRO MIORANZA

Brasil, 2022

Lafonte

As Três Irmãs
06

O Jardim das Cerejeiras
122

AS TRÊS IRMÃS
DRAMA EM QUATRO ATOS

PERSONAGENS

ANDREI SERGEYEVITCH **PROZOROV**;

NATASHA (NATALIA) IVANOVNA, sua noiva, depois esposa (28 anos);

OLGA, MASHA e IRINA, irmãs de Andrei;

KULIGUIN, FIODOR ILITCH, professor de liceu, casado com MASHA (20 anos);

VERSHININ, ALEKSANDER IGNATIEVITCH, tenente-coronel, comandante de artilharia (42 anos);

TUZENBACH, NICOLAI LVOVITCH, barão, tenente do exército (30 anos);

SOLIONI, VASSILI VASSILEVITCH, capitão;

TCHEBUTIKIN, IVAN ROMANOVITCH, médico do exército (60 anos);

FEDOTIK, ALEKSEI PETROVITCH, subtenente;

RODE, VLADIMIR KARLOVITCH, subtenente;

FERAPONT, velho porteiro da municipalidade local;

ANFISSA, babá (80 anos).

A ação se passa numa cidade provinciana.

PRIMEIRO ATO

(*Na casa de ANDREI PROZOROV. Uma sala de estar com colunas; atrás se vê uma grande sala de jantar. É meio-dia, o sol está brilhando. Na sala de jantar, estão pondo a mesa para o almoço.*)

(*OLGA, com o vestido azul de uma professora de colégio feminino, está caminhando e corrigindo cadernos; MASHA, de vestido preto, está sentada com o chapéu nos joelhos e lê um livro; IRINA, de branco, está de pé, imersa em pensamentos.*)

OLGA

Faz exatamente um ano que nosso pai morreu, no dia 5 de maio, dia de sua santa, Irina. Fazia muito frio e nevava. Achei que nunca sobreviveria a isso, e você estava desmaiada como morta. E agora um ano se passou e já estamos pensando nisso sem dor; e você já anda vestida de branco e de rosto alegre. (*O relógio bate doze horas.*) E o relógio bateu exatamente da mesma maneira então. (*Pausa*) Lembro-me de que havia música no funeral e dispararam uma salva de tiros no cemitério. Ele era general de brigada, mas havia poucas pessoas presentes. Claro, estava chovendo, chovendo forte e nevando.

IRINA

Por que pensar nisso?

(*O barão TUZENBACH, TCHEBUTIKIN e SOLIONI aparecem na mesa da sala de jantar, atrás das colunas.*)

OLGA

Está tão quente hoje que podemos manter as janelas abertas, embora as bétulas ainda não estejam floridas. Há onze anos, meu pai assumiu o comando de uma brigada e partiu de Moscou conosco. Lembro-me perfeitamente de que era início de maio e que tudo em Moscou já estava florescendo. Fazia calor também, era um dia ensolarado. Onze anos se passaram e eu me lembro de tudo como se tivéssemos partido ontem. Oh, Deus! Quando acordei esta manhã e vi toda essa luz e a primavera, a alegria invadiu meu coração e eu desejei ardentemente ir para casa.

TCHEBUTIKIN

Vai apostar nisso?

TUZENBACH

Ah, bobagem.

(*MASHA, perdida num devaneio sobre seu livro, assobia baixinho.*)

OLGA

Não assobie, Masha. Como pode! (*Pausa*) Estou sempre com dor de cabeça por ter de ir à escola todos os dias e dar aulas até a noite. Tenho pensamentos estranhos, sentindo-me como se já fosse velha. E, de fato, nesses quatro anos que estou trabalhando aqui, sinto como se todos os dias minha força e minha juventude fossem me escapando, gota a gota. E só um desejo cresce e ganha força...

IRINA

Ir embora para Moscou. Vender a casa, largar tudo aqui e ir para Moscou...

OLGA

Sim! Para Moscou, o quanto antes.

(*TCHEBUTIKIN e TUZENBACH riem.*)

IRINA

Espero que Andrei se torne professor, mas, ainda assim, ele não quiser ficar nesse lugar, só a pobre Masha deve continuar por aqui.

OLGA

Masha pode nos visitar em Moscou todos os anos, durante o verão.

(*MASHA está assobiando suavemente.*)

IRINA

Tudo se ajeitará, se Deus quiser. (*Olha pela janela.*) Que belo dia, hoje! Não sei por que estou tão feliz. Esta manhã, lembrei-me que era o dia de minha santa e, de repente, me senti feliz, recordei minha infância, quando mamãe ainda estava conosco. Que belos pensamentos tive, que pensamentos!

OLGA

Você está radiante hoje, nunca a vi tão linda. E Masha também está muito bonita. Andrei não seria feio, se não fosse tão corpulento; isso estraga sua aparência. Mas eu envelheci e estou muito magra, acho que é porque fico zangada com as meninas da escola. Hoje estou de folga. Estou em casa. Não tenho dor de cabeça e me sinto mais jovem do que ontem. Tenho apenas 28 anos... Tudo bem, Deus está em toda parte, mas me parece que, se eu fosse casada e pudesse ficar em casa o dia todo, seria ainda melhor. (*Pausa*) Eu amaria meu marido.

TUZENBACH

(*Para SOLIONI*) Estou cansado de ouvir as bobagens que você diz. (*Entrando na sala de estar.*) Esqueci de dizer que Vershinin, nosso novo tenente-coronel de artilharia, vem nos fazer uma visita hoje. (*Senta-se ao piano.*)

OLGA
Que bom! Fico contente.

IRINA
Ele é velho?

TUZENBACH
Oh! não. Está pelos 40 a 45 anos. (*Toca piano baixinho.*) Parece um bom tipo. Certamente não é tolo, só que gosta de falar muito.

IRINA
É um homem interessante?

TUZENBACH
Oh, é homem de presença, mas tem mulher, sogra e duas filhas. Esta é sua segunda esposa. Nas visitas, costuma dizer a todos que tem mulher e duas filhas. Vai repetir isso aqui também. A mulher é um tanto atarantada, arruma o cabelo como uma garota e fala até pelos cotovelos, abordando temas de filosofia e, vez por outra, tenta o suicídio, aparentemente para aborrecer o marido. Eu a teria deixado há muito tempo, mas ele aguenta pacientemente e apenas se lamenta.

SOLIONI
(*Entra na sala junto com TCHEBUTIKIN.*) Com uma mão só consigo levantar 54 libras, mas com as duas posso levantar 180, ou mesmo 200 libras. Disso concluo que dois homens não são duas vezes mais fortes que um, mas três vezes, talvez até mais...

TCHEBUTIKIN
(*Lê um jornal enquanto caminha.*) Se seu cabelo está caindo... tome dois gramas de naftalina e uma garrafa de álcool... dissolva

e passe diariamente... (*Faz uma anotação em seu diário de bolso.*) Quando se encontra algo, deve-se tomar nota! Mas não que eu queira... (*Risca tudo*) Não interessa.

IRINA
Ivan Romanovitch, querido Ivan Romanovitch!

TCHEBUTIKIN
O que minha garotinha quer?

IRINA
Ivan Romanovitch, querido Ivan Romanovitch! Sinto-me como se estivesse navegando sob o amplo céu azul com grandes pássaros brancos a meu redor. Por que isso? Por quê?

TCHEBUTIKIN
(*Beija-lhe as mãos com ternura.*) Meu pássaro branco...

IRINA
Hoje, quando acordei, me levantei e me vesti, de repente comecei a sentir como se tudo nessa vida estivesse claro para mim e que soubesse como deveria viver. Caro Ivan Romanovitch, eu sei tudo. O homem deve se esforçar, trabalhar com o suor de seu rosto, seja quem for, pois nisso reside o sentido e o objetivo de sua vida, de sua felicidade e de seu entusiasmo. Como é bom ser um trabalhador que se levanta de madrugada e quebra pedras na rua, ou um pastor, ou um professor que ensina crianças ou um maquinista na ferrovia... Meu Deus, deixando de lado o homem, é melhor ser um boi ou um cavalo, desde que trabalhe, do que uma jovem que acorda ao meio-dia, toma café na cama e depois passa duas horas se vestindo... Ai, como isso é horrível! Às vezes, só o intenso calor pode me deixar tão sedenta quanto a sede que tenho hoje de trabalhar. E se eu, no futuro, não acordar cedo e não trabalhar, então, Ivan Romanovitch, pode me negar sua amizade.

TCHEBUTIKIN
(*Ternamente*) Eu a negarei, negarei...

OLGA
Papai nos acostumou a levantar às 7. Agora Irina acorda às 7 e permanece deitada, pensando sobre não sei quê, até às 9, pelo menos. E fica tão séria! (*Ri*)

IRINA
Você está tão acostumada a me ver como uma garotinha que lhe parece estranho quando meu rosto está sério. Tenho 20 anos!

TUZENBACH
Compreendo muito bem essa ânsia de trabalhar, oh Deus! Eu nunca trabalhei em minha vida. Nasci na fria e preguiçosa São Petersburgo, numa família que nunca soube o que significava trabalho ou preocupação. Lembro-me de que, ao voltar para casa de meu regimento, um lacaio costumava tirar minhas botas enquanto eu me inquietava, e minha mãe me olhava com adoração e se perguntava por que as outras pessoas não me viam da mesma forma. Eles me preservaram do trabalho; mas esse tempo está acabando! Uma nova era está surgindo, o povo está marchando sobre todos nós, uma poderosa e saudável tempestade está se formando, está se aproximando; em breve estará sobre nós e afastará a preguiça, a indiferença, o preconceito contra o trabalho e o podre embotamento de nossa sociedade. Eu trabalharei e, em 25 ou 30 anos, todos os homens terão de trabalhar. Todos!

TCHEBUTIKIN
Eu não trabalharei.

TUZENBACH
O senhor não conta.

SOLIONI
Daqui a 25 anos, todos estaremos mortos, graças a Deus. Daqui a dois ou três anos, a apoplexia vai levá-lo embora ou então vou

estourar seus miolos, meu querido. (*Tira um frasco de perfume do bolso e borrifa o peito e as mãos.*)

TCHEBUTIKIN

(*Ri*) É bem verdade, eu nunca trabalhei. Depois que terminei a faculdade nunca mais mexi um dedo ou abri um livro, só leio os jornais... (*Tira outro jornal do bolso.*) Aqui estamos... Aprendi com os jornais que havia um Dobroliubov[1], por exemplo, mas o que ele escreveu, não sei... só Deus sabe... (*Ouve-se alguém batendo no chão no andar de baixo.*) Ah... estão me chamando lá embaixo, alguém veio me ver. Volto em minutos... não vou demorar... (*Sai apressadamente, coçando a barba.*)

IRINA

Ele está tramando alguma coisa.

TUZENBACH

Sim, ele parecia tão satisfeito ao sair, que tenho certeza de que lhe trará um presente logo mais.

IRINA

Que desagradável!

OLGA

Sim, é horrível. Está sempre fazendo coisas bobas.

MASHA

(*Levanta-se e canta baixinho.*)

"Há um carvalho verde à beira-mar.

E uma corrente de ouro reluz em torno dele...

E uma corrente de ouro reluz em torno dele..."

---

1 Nikolai Aleksandrovitch Dobroliubov (1836-1861), crítico literário, jornalista e poeta russo. (N.T.)

OLGA
Você não está muito brilhante hoje, Masha. (*MASHA canta, colocando o chapéu.*) **Aonde vai?**

MASHA
Para casa.

IRINA
Que estranho...

TUZENBACH
Mais ainda na comemoração da santa do dia!

MASHA
Não importa. Venho à noite. Adeus, querida. (*Beija IRINA.*) Muita saúde e felicidades, embora eu já lhe tenha desejado isso antes. Antigamente, quando papai era vivo, toda vez que celebrávamos o santo de nosso dia, vinham trinta ou quarenta oficiais e havia muito barulho e diversão; hoje, temos aqui escassamente um homem ou dois e anda tudo tão quieto como num deserto... estou indo... estou aborrecida hoje, não estou nada alegre, então não se importem comigo. (*Ri em meio a lágrimas.*) Vamos conversar mais tarde, mas adeus por enquanto, minha querida; vou sair por aí.

IRINA
(*Descontente*) Oh! Como você é...

OLGA
(*Chorando*) Eu a compreendo, Masha.

SOLIONI
Quando um homem fala de filosofia, bem, é filosofia ou, de qualquer modo, sofisma; mas quando uma mulher, ou duas mulheres, falam de filosofia... salve-se quem puder.

MASHA

O que quer dizer com isso, seu homem extremamente desagradável?

SOLIONI

Oh, nada. Você partiu para cima de mim antes que eu pudesse gritar... socorro! (*Pausa*)

MASHA

(*Irritada, para OLGA.*) **Não chore!**

(*Entram ANFISSA e FERAPONT com um bolo.*)

ANFISSA

Por aqui, meu caro. Entre, seus pés estão limpos. (*Para IRINA*) Do Conselho Distrital, de Mihail Ivanitch Protopopov... um bolo.

IRINA

Obrigada. Por favor, agradeça a ele. (*Pega o bolo.*)

FERAPONT

O que disse?

IRINA

(*Mais alto.*) **Por favor, agradeça a ele.**

OLGA

Dê-lhe um pastel, babá. Ferapont, pode ir, ela lhe dará um pastel.

FERAPONT

O que disse?

ANFISSA

Vamos, meu velho, Ferapont Spiridonitch. Vamos. (*Saem*)

MASHA

Não gosto desse Mihail Potapitch ou Ivanitch, Protopopov. Não devemos convidá-lo.

IRINA

Eu nunca o convidei.

MASHA

Está bem.

(*Entra TCHEBUTIKIN seguido por um soldado com um samovar de prata; há exclamações de surpresa insatisfeita.*)

OLGA

(*Cobre o rosto com as mãos*) Um samovar! Isso é horrível! (*Vai para a sala de jantar e se dirige à mesa.*)

IRINA

Meu caro Ivan Romanovitch, o que está fazendo?

TUZENBACH

(*Ri*) Eu avisei!

MASHA

Ivan Romanovitch, não tem vergonha!

TCHEBUTIKIN

Minhas queridas meninas, vocês são a única coisa e a coisa mais cara que tenho no mundo. Em breve estarei com 60 anos. Sou um velho, um velho solitário e inútil. Nada mais tenho dentro de mim, a não ser meu amor por vocês e, se não fosse por isso, já estaria morto há muito tempo... (*Para IRINA*) Minha querida menina, eu a conheço desde o dia em que nasceu, eu a carreguei nos braços... amava sua falecida mãe...

MASHA

Mas seus presentes são tão caros!

TCHEBUTIKIN

(*Irritado e em lágrimas.*) **Presentes caros... Você é mesmo!...** (*para o soldado.*) **Leve esse samovar daqui...** (*Provocando*) **Presentes caros!** (*O soldado vai para a sala de jantar com o samovar.*)

ANFISSA

(*Entra e atravessa o palco.*) Meu caro, está chegando um coronel desconhecido! Já tirou o casaco. Meninas, ele vem vindo. Irina querida, seja uma garotinha simpática e educada... Devia ter almoçado há muito tempo... Oh, Senhor... (*Sai*)

TUZENBACH

Deve ser Vershinin. (*Entra VERSHININ.*) Tenente-coronel Vershinin!

VERSHININ

(*Para MASHA e IRINA*) Tenho a honra de me apresentar, meu nome é Vershinin. Estou realmente feliz em poder vê-las. Como cresceram! Oh! Oh!

IRINA

Sente-se, por favor. Estamos encantadas em vê-lo.

VERSHININ

(*Alegre*) Estou contente, muito contente! Mas são três irmãs, com certeza. Eu me lembro de três garotinhas. Já não me lembrava mais dos rostos, mas seu pai, o coronel Prozorov, tinha três filhinhas, recordo perfeitamente, eu as vi com estes olhos. Como o tempo voa! Oh, meu Deus, como voa!

TUZENBACH

Aleksander Ignatievitch vem de Moscou.

IRINA

De Moscou? O senhor é de Moscou?

VERSHININ

Sim, isso mesmo. Seu pai era comandante de artilharia e eu era oficial da mesma brigada. (*Para MASHA*) Parece que me lembro um pouco de seu rosto.

MASHA

Eu não me lembro do senhor.

IRINA

Olga! Olga! (*Grita em direção da sala de jantar.*) Olga! Venha cá! (*OLGA entra, vindo da sala de jantar.*) Ficamos sabendo que o tenente-coronel Vershinin vem de Moscou.

VERSHININ

Suponho que seja Olga Sergueievna, a mais velha, e que a senhora é Maria... e que a senhora é Irina, a mais nova...

OLGA

Então o senhor vem de Moscou?

VERSHININ

Sim. Estudei em Moscou e foi lá que me engajei no serviço militar. Servi durante muito tempo em Moscou, até que finalmente recebi o comando desta artilharia e me mudei para cá, como pode ver. Realmente não me lembro de vocês, só me lembro que eram três irmãs. Recordo muito bem de seu pai; basta fechar meus olhos para vê-lo como era. Eu costumava frequentar sua casa em Moscou...

OLGA

E eu que pensava me recordar de todos, mas...

VERSHININ

Meu nome é Aleksander Ignatievitch.

IRINA

Aleksander Ignatievitch, o senhor veio de Moscou. Isso é realmente uma grande surpresa!

OLGA

Nós vamos morar lá, veja só.

IRINA

Esperamos estar lá já no outono. É nossa cidade natal, nascemos lá, na antiga rua Basmanni... (*Ambas riem de alegria.*)

MASHA

Encontramos inesperadamente um conterrâneo. (*Vivamente*) Já sei: Olga, você se lembra, eles costumavam falar lá em casa de um "major apaixonado". O senhor era então um tenente e apaixonado por alguém, mas por algum motivo eles sempre o chamavam de major, por brincadeira.

VERSHININ

(*Ri*) É isso... o major apaixonado, isso mesmo!

MASHA

O senhor só usava bigode, na época. Como envelheceu! (*Entre lágrimas.*) Como envelheceu!

VERSHININ

Sim, quando me chamavam de major apaixonado, eu era jovem e apaixonado. Agora, tudo mudou.

OLGA

Mas ainda não tem um único fio de cabelo branco. É mais velho, mas ainda não é velho.

VERSHININ

De qualquer maneira, tenho 42 anos. Deixaram Moscou há muito tempo?

IRINA

Faz onze anos. Por que está chorando, Masha, sua tolinha... (*Chorando*) Agora, eu também estou chorando.

MASHA

Está tudo bem. E onde morava?

VERSHININ

Na antiga rua Basmanni.

OLGA

Na mesma em que nós morávamos.

VERSHININ

Por um tempo eu morei na rua Niemetzkaia. Isso quando o Quartel Vermelho era meu quartel-general. Há uma ponte sombria no caminho, sob a qual a correnteza do rio é rumorosa. Quem passar por lá sozinho fica tomado de melancolia. (*Pausa*) Aqui o rio é tão largo e bonito! Que rio esplêndido!

OLGA

Sim, mas a água é gelada. Aqui faz muito frio e os mosquitos...

VERSHININ

O que está dizendo! O clima aqui é bom e saudável, típico clima russo. Têm aqui uma floresta, um rio... e bétulas. Queridas e modestas bétulas, gosto delas mais do que de qualquer outra árvore. É muito bom morar aqui. Só estranho que a estação ferroviária fique a trinta milhas daqui... Ninguém sabe por quê.

SOLIONI

Eu sei. (*Todos olham para ele.*) Porque se estivesse perto, a estação não estaria longe e, se está longe, não pode estar perto. (*Pausa constrangedora.*)

TUZENBACH

Que engraçadinho!

OLGA

Agora me lembro do senhor! Claro!

VERSHININ

Conheci sua mãe.

TCHEBUTIKIN

Era uma boa mulher, que Deus a tenha.

IRINA

A mamãe foi enterrada em Moscou.

OLGA

No cemitério Novodevitchi.

MASHA

Sabe, estou começando a esquecer o rosto dela. Seremos esquecidos da mesma maneira.

VERSHININ

Sim, vão nos esquecer. É nosso destino, não se pode lutar contra. Chegará o momento em que tudo o que nos parece sério, significativo ou muito importante será esquecido ou considerado trivial. (*Pausa*) E o curioso é que não podemos descobrir o que eles vão considerar grande e importante e o que vão considerar inútil ou tolo. Será que as descobertas de Copérnico[2] ou de Colombo[3], digamos, não pareciam, de início, desnecessárias e ridículas, ao passo que

---

[2] Alusão à descoberta do heliocentrismo no sistema solar, feita por Nicolau Copérnico (1473-1543), astrônomo e matemático polonês. (N.T.)

[3] Alusão à descoberta da América, feita por Cristóvao Colombo (1451-1506), navegador e explorador italiano. (N.T.)

consideravam verdadeiras as suposições e adivinhações escritas por um tolo qualquer? E pode acontecer que nossa existência atual, que ora nos deixa tão satisfeitos, com o tempo, venha a nos parecer estranha, inconveniente, estúpida, impura, talvez até pecaminosa...

TUZENBACH

Quem sabe? Mas, por outro lado, podem chamar nossa vida de nobre e se refiram a ela com respeito. Abolimos a tortura e a pena capital, vivemos em segurança, mas quanto sofrimento há ainda!

SOLIONI

(*Com voz fraca.*) Pronto, pronto... O barão vai ficar sem jantar, se o deixar falar de filosofia.

TUZENBACH

Vassili Vassilievitch, por favor, me deixe em paz. (*Muda de cadeira.*) Você é muito chato, sabe.

SOLIONI

(*Em voz sumida.*) Lá, lá, lá.

TUZENBACH

(*Para VERSHININ*) Os sofrimentos que vemos hoje... são tantos! Não deixam de indicar certa melhoria moral na sociedade.

VERSHININ

Sim, sim. É claro.

TCHEBUTIKIN

Você acabou de dizer, barão, que podem chamar nossa vida de nobre; mas somos muito pequenos... (*Levanta-se*) Veja como sou pequeno. (*Som de violino.*)

MASHA

É Andrei, nosso irmão, tocando.

IRINA

É o membro mais instruído da família. Espero que seja professor universitário algum dia. O pai era militar, mas o filho escolheu para si a carreira acadêmica.

MASHA

Era o desejo de papai.

OLGA

Hoje caçoamos dele. Achamos que está um tanto apaixonado.

IRINA

Por uma jovem local. Provavelmente vai aparecer aqui hoje.

MASHA

Deveria ver de que jeito ela se veste! Bastante bonita, simpática também, mas tão mal vestida! Usa uma estranha saia amarela brilhante com uma franja miserável e um corpete vermelho. E um rosto tão mal retocado! Andrei não está apaixonado. Afinal, ele tem bom gosto. Está simplesmente caçoando de nós. Aliás, ontem ouvi dizer que ela vai se casar com Protopopov, presidente do Conselho local. Isso faria bem a ela... (*Na porta lateral.*) Andrei, venha cá! Só por um minuto, querido! (*ANDREI entra.*)

OLGA

Meu irmão, Andrei Sergueievitch.

VERSHININ

Sou Vershinin.

ANDREI

E eu sou Prozorov. (*Enxuga as mãos suadas.*) Veio para comandar a artilharia?

OLGA

Imagine, Aleksander Ignatievitch vem de Moscou.

ANDREI

Muito bem! Agora minhas irmãs não vão deixá-lo em paz.

VERSHININ

Já tive ocasião de aborrecer suas irmãs.

IRINA

Veja só que lindo porta-retratos Andrei me deu hoje. (*Mostra-o*) Ele mesmo o fez.

VERSHININ

(*Olha para o objeto, sem saber o que dizer.*) Sim... é uma coisa que...

IRINA

E ele fez também aquela moldura ali, acima do piano. (*Andrei acena com a mão e vai indo embora.*)

OLGA

Ele é diplomado, toca violino e faz todo tipo de coisas em madeira; realmente, tem talento para tudo. Não vá embora, Andrei! Ele tem o hábito de se afastar. Venha cá!

(*MASHA e IRINA, rindo, o pegam pelos braços e o fazem voltar.*)

MASHA

Vamos! Vamos!

ANDREI

Por favor, me deixem!

MASHA

Você é engraçado. Aleksander Ignatievitch costumava ser chamado de major apaixonado, mas ele nunca se importou.

VERSHININ

Nem um pouco.

MASHA

Eu gostaria de chamá-lo de violinista apaixonado!

IRINA

Ou professor apaixonado!

OLGA

Está apaixonado! O pequeno Andrei está apaixonado!

IRINA

(*Aplaude*) Bravo, Bravo! Bis! O pequeno Andrei está apaixonado.

TCHEBUTIKIN

(*Aproxima-se de ANDREI por trás e o enlaça pela cintura com os dois braços.*) A natureza só nos trouxe ao mundo para amar! (*Ri às gargalhadas, depois se senta e lê um jornal que tira do bolso.*)

ANDREI

Já chega, chega... (*Enxuga o rosto.*) Não consegui dormir a noite toda e agora não consigo ficar de pé, por assim dizer. Fiquei lendo até às 4 horas, depois tentei dormir, mas não consegui. Pensava numa coisa, depois em outra, então amanheceu e o sol invadiu meu quarto. Durante o verão, enquanto estiver aqui, quero traduzir um livro do inglês...

VERSHININ

Você sabe inglês?

ANDREI

Sim, papai, que Deus o tenha, nos educou sob pressão quase violenta. Pode parecer engraçado e até ridículo, mas não deixa de ser verdade que, depois da morte dele, eu comecei a ganhar peso, a engordar, como se meu corpo tivesse se livrado de uma grande pressão. Graças a meu pai, minhas irmãs e eu sabemos francês, alemão e inglês, e Irina sabe também italiano. Mas pagamos caro por tudo isso!

MASHA

Saber três idiomas é um luxo desnecessário nesta cidade. Não é nem um luxo, mas uma espécie de inutilidade, como um sexto dedo. Sabemos muita coisa desnecessária.

VERSHININ

Não é bem assim! (*Ri*) A gente sabe muitas coisas desnecessárias! Não acho que possa haver realmente uma cidade tão monótona e estúpida a ponto de não ter lugar para uma pessoa inteligente e instruída. Suponhamos até que, entre os cem mil habitantes desta cidade atrasada e sem instrução, haja apenas três pessoas como vocês. É lógico que vocês não serão capazes de conquistar essa multidão insensível a seu redor; pouco a pouco, à medida que envelhecerem, estarão fadadas a ceder e a se perder no meio dessa multidão de cem mil seres humanos; a vida deles vai sugá-los, mas, ainda assim, vocês não vão desaparecer sem influenciar ninguém; mais tarde, outros como vocês virão, talvez seis deles, depois doze, e assim por diante, até que finalmente pessoas de seu tipo constituam a maioria. Dentro de duzentos ou trezentos anos, a vida nessa terra será inimaginavelmente bela e maravilhosa. A humanidade precisa de uma vida assim e, se não é a nossa hoje, devemos olhar para o futuro, esperar por ela, pensar nela, preparar-se para ela. Por isso devemos ver e saber mais do que nossos pais e avós viram e sabiam. (*Ri*) E vocês se queixam que sabem muitas coisas desnecessárias!

MASHA

(*Tira o chapéu.*) Vou ficar para o almoço.

IRINA

(*Suspira.*) Sim, deveríamos tomar nota de tudo isso.

(*ANDREI sai silenciosamente.*)

TUZENBACH

O senhor diz que a vida nessa terra, daqui a muitos anos, será bela e maravilhosa. Isso é verdade. Mas, para partilhá-la agora, mesmo a distância, devemos nos preparar pelo trabalho...

VERSHININ

(*Levanta-se*) Sim. Quantas flores o senhor tem aqui. (*Olha em volta.*) É uma bela residência! Eu o invejo! Passei toda a minha vida em espaços com duas cadeiras, um sofá e lareiras que sempre fumegam. Nunca tive flores assim em minha vida... (*Esfrega as mãos.*) Enfim!

TUZENBACH

Sim, devemos trabalhar. O senhor provavelmente está pensando consigo mesmo: o alemão se revela um sentimental. Mas lhe garanto que sou russo, nem sei falar alemão. Meu pai pertencia à Igreja Ortodoxa. (*Pausa*)

VERSHININ

(*Anda pelo palco.*) Muitas vezes fico pensando: se pudéssemos começar a vida de novo, fazendo tudo de modo apropriado e consciente? Se pudéssemos usar uma vida, já terminada, como uma espécie de rascunho para outra? Acho que cada um de nós tentaria, acima de tudo, não se repetir, pelo menos reorganizaria seu modo de vida, garantiria espaços como esses, com flores e luz... Tenho mulher e duas filhas, a saúde da minha mulher é delicada e coisas mais; e, se eu tivesse de começar a vida de novo, eu não me casaria... Não, não!

(*Entra KULIGUIN com uniforme de gala.*)

KULIGUIN

(*Aproximando-se de IRINA.*) Querida cunhada, permita-me felicitá-la pelo dia de sua santa e desejar-lhe, sinceramente e do fundo de meu coração, saúde e tudo o que se pode desejar para uma moça de sua idade. E me permita oferecer-lhe este livro como presente. (*Entrega-o a ela.*) É a história de nosso Colégio, escrita por mim, cobrindo os últimos cinquenta anos. O livro é bem modesto e foi escrito nas horas vagas, mas creio que, apesar disso, deva lê-lo. Bom dia, senhores! (*Para VERSHININ*) Meu nome é Kuliguin, sou professor do Colégio local. (*Para IRINA*) Nesse livro encontrará a lista de todos os alunos que frequentaram nossa escola durante esses cinquenta anos. *Feci quod potui, faciant meliora potentes*[4]. (*Beija MASHA.*)

IRINA

Mas você me deu de presente um exemplar dele na Páscoa.

KULIGUIN

(*Ri*) Não deveria tê-lo feito, com certeza! Nesse caso, é melhor que o devolva ou então o dê ao coronel. Tome-o, coronel. Poderá lê-lo um dia em que estiver aborrecido.

VERSHININ

Obrigado. (*Prepara-se para sair.*) Foi um grande prazer conhecê-los...

OLGA

Já vai? Não, ainda não!

IRINA

O senhor vai ficar para almoçar conosco. Por favor.

OLGA

Sim, por favor!

---

4 Frase latina, que diz: "Fiz o que pude, que façam melhor os que puderem". (N.T.)

VERSHININ

(*Faz uma inclinação.*) Parece que cheguei no dia da festa de sua santa. Perdoe-me, eu não sabia e não lhe dei meus parabéns. (*Vai com OLGA para a sala de jantar.*)

KULIGUIN

Hoje é domingo, dia de descanso, então descansemos e nos alegremos, cada um de maneira compatível com sua idade e disposição. No verão, os tapetes devem ser retirados e guardados até o inverno... Com pó persa ou naftalina... Os romanos eram saudáveis porque sabiam trabalhar e descansar, tinham *mens sana in corpore sano*[5]. A vida deles seguia certos padrões reconhecidos. Nosso diretor diz: "O principal de cada vida é o padrão. Quem perde seu padrão perde-se a si mesmo". E ocorre exatamente o mesmo em nossa vida cotidiana. (*Pega MASHA pela cintura, rindo.*) Masha me ama. Minha esposa me ama. E as cortinas devem ser retiradas das janelas com os tapetes... Hoje estou alegre, de bem com a vida. Masha, temos de estar na casa do diretor às 4. Estão organizando uma caminhada para os professores e seus familiares.

MASHA

Não vou.

KULIGUIN

(*Magoado*) Minha querida Masha, por que não?

MASHA

Mais tarde lhe conto... (*Irritada*) Tudo bem, eu vou, só, por favor, me deixe... (*Afasta-se*)

KULIGUIN

E depois vamos passar parte da noite na casa do diretor. Apesar da saúde precária, esse homem tenta, acima de tudo, ser sociável. Uma

---

5 Ditado latino: Mente sã em corpo sadio. (N.T.)

personalidade esplêndida, iluminada. Um homem maravilhoso. Depois da reunião de ontem, ele me disse: "Estou cansado, Fiodor Ilitch, estou cansado!" (*Olha para o relógio de parede, depois para o dele.*) Seu relógio está sete minutos adiantado. "Sim", disse ele, "estou cansado". (*De fora, chega o som de um violino.*)

OLGA
Vamos almoçar! Deve haver pastel também!

KULIGUIN
Oh, minha querida Olga, minha querida! Ontem trabalhei até às 11 horas da noite e fiquei terrivelmente cansado. Hoje estou mais que feliz. (*Entra na sala de jantar.*) Minha querida...

TCHEBUTIKIN
(*Guarda o jornal no bolso e acaricia a barba.*) Pastel? Esplêndido!

MASHA
(*Para TCHEBUTIKIN, com ar severo.*) Vou avisando; hoje, não vai beber nada. Está ouvindo? A bebida lhe faz mal.

TCHEBUTIKIN
Ah, tudo bem. Faz dois anos que não bebo. De qualquer maneira, tanto faz!

MASHA
Mesmo assim, não se atreva a beber. (*Irritada, mas cuidando para que o marido não a ouça.*) Mais uma noite de tédio na casa do diretor, diabos!

TUZENBACH
Em seu lugar, eu certamente não iria... Simples assim!

TCHEBUTIKIN
Não vá.

MASHA
Sim, "não vá..." Vida maldita, insuportável... (*Entra na sala de jantar.*)

TCHEBUTIKIN
(*Segue-a*) Não é tão ruim.

SOLIONI
(*Entrando na sala de jantar.*) Lá, lá, lá...

TUZENBACH
Vassili Vassilievitch, basta! Fique quieto!

SOLIONI
Lá, lá, lá...

KULIGUIN
(*Alegre*) À sua saúde, coronel! Sou pedagogo e parte desta família. Sou o marido de Masha... Ela é uma boa criatura, uma ótima criatura.

VERSHININ
Gostaria de tomar um pouco dessa vodca escura... (*Bebe*) À sua saúde! (*Para OLGA*) Estou me sentindo muito bem aqui!

(*Somente IRINA e TUZENBACH permanecem na sala de estar.*)

IRINA
Masha está fora de si hoje. Ela se casou quando tinha 18 anos, quando ele lhe parecia o mais sábio dos homens. E agora é diferente. Ele é o homem mais gentil, mas não o mais sábio.

OLGA
(*Impaciente*) Andrei, quando é que você vem?

ANDREI
(*De fora.*) Dentro de um minuto. (*Entra e vai até a mesa.*)

TUZENBACH

Em que está pensando?

IRINA

Não gosto desse seu amigo Solioni; tenho medo dele. Só diz bobagens.

TUZENBACH

É um homem estranho. Tenho pena dele, embora me aborreça. Acho que é tímido. Quando estamos sozinhos, ele é agradável e boa companhia; quando outras pessoas estão por perto, é rude e provocador. Não vamos entrar, deixe-os comer sem nossa presença. Prefiro ficar aqui a seu lado. Em que está pensando? (*Pausa*) Você tem 20 anos. Eu não tenho 30 ainda. Quantos anos nos restam, com suas longas, longas filas de dias, cheios de meu amor por você...

IRINA

Nikolai Lvovitch, não me fale de amor.

TUZENBACH

(*Não lhe dá atenção.*) Tenho uma grande sede de vida, de luta, de trabalho. E essa sede se uniu a meu amor pela senhorita, Irina, que é tão linda, e a vida me parece tão maravilhosa! Sobre o que está pensando?

IRINA

O senhor diz que a vida é maravilhosa. Sim, ao menos assim parece! Para nós, a vida não foi nada maravilhosa, sufocou-nos como ervas daninhas... estou chorando. Não deveria... (*Enxuga as lágrimas, sorri.*) Temos de trabalhar, trabalhar. É por isso que somos tristes e vemos o mundo com tanta tristeza; porque não sabemos o que é trabalho. Nossos pais desprezavam o trabalho...

(*Entra NATALIA IVANOVNA, com um vestido rosa e uma faixa verde.*)

NATASHA

Já estão almoçando... cheguei atrasada... (*Examina-se cuidadosamente no espelho e se endireita.*) Acho que meu cabelo está bem arrumado... (*Vê IRINA.*) Querida Irina Sergueievna, meus parabéns! (*Beija-a longamente.*) Você tem tantas visitas, estou realmente envergonhada... Como vai, barão!

OLGA

(*Entra na sala de estar.*) Natalia Ivanovna também está aqui! Como está, querida! (*Trocam beijos.*)

NATASHA

Estou embaraçada, há tantas pessoas aqui.

OLGA

Todos nossos amigos. (*Assustada, a meia-voz.*) Está usando uma faixa verde! Minha querida, não deveria!

NATASHA

É sinal de alguma coisa?

OLGA

Não, simplesmente não cai bem... e parece tão esquisita...

NATASHA

(*Com voz chorosa.*) Sim? Mas não é realmente verde, é muito esmaecida para tanto. (*Entra na sala de jantar com OLGA.*)

(*Todos tomaram assento à mesa, a sala de estar ficou vazia.*)

KULIGUIN

Desejo-lhe um bom noivo, Irina. Já está na hora de se casar.

TCHEBUTIKIN

Natalia Ivanovna, desejo-lhe o mesmo.

KULIGUIN

Natalia Ivanovna já tem um noivo.

MASHA

(*Dando batidinhas com o garfo no prato.*) **Vamos todos tomar um bom vinho e tornar a vida mais bela de uma vez!**

KULIGUIN

Seu comportamento perdeu pontos.

VERSHININ

Mas essa bebida é muito agradável. De que é feita?

SOLIONI

De besouros.

IRINA

(*Com voz chorosa.*) Oh! Que nojo!

OLGA

À noite, vamos ter peru assado e torta de maçã. Graças a Deus, posso passar o dia e a noite em casa. Senhoras e senhores, estejam aqui à noite também...

VERSHININ

Por favor, posso voltar à noite!

IRINA

Será um prazer.

NATASHA

Aqui não se faz cerimônia.

TCHEBUTIKIN

A natureza só nos trouxe ao mundo para amar! (*Ri*)

ANDREI

(*Zangado*) Por favor, não! Ainda não se cansaram disso?

(*Entram FEDOTIK e RODE com uma grande cesta de flores.*)

FEDOTIK

Já estão almoçando.

RODE

(*Em voz alta e grossa.*) Almoçando? Sim, são assim...

FEDOTIK

Espere um minuto! (*Tira uma fotografia.*) Essa é uma. Não, só um momento... (*Tira outra.*) Duas. Agora estamos prontos!

(*Pegam a cesta e vão para a sala de jantar, onde são recebidos rumorosamente.*)

RODE

(*Em voz alta.*) Parabéns e muitas felicidades! Dia lindo hoje, simplesmente perfeito. Passei a manhã toda com os alunos. Leciono educação física.

FEDOTIK

Pode se mexer, Irina Sergueievna! (*Tira uma foto.*) Está muito bem hoje. (*Tira uma piorra do bolso.*) A propósito, aqui está uma piorra. Tem um som maravilhoso!

IRINA

Que maravilha!

MASHA

"Há um carvalho verde à beira-mar,

E uma corrente de ouro brilhante em volta dele...

E uma corrente de ouro brilhante em volta dele..."

(*Chorosa.*) Por que estou repetindo isso? Passei o dia inteiro com esses versos na cabeça.

KULIGUIN

Somos treze à mesa!

RODE

(*Em voz alta.*) Certamente ninguém acredita nessa superstição! (*Risos.*)

KULIGUIN

Se houver treze à mesa, significa que alguém aqui está apaixonado. Não será o senhor, Ivan Romanovitch? Abra o jogo... (*Risos*)

TCHEBUTIKIN

Sou um pecador empedernido, mas realmente não vejo por que Natalia Ivanovna deveria corar...

(*Gargalhadas; NATASHA corre para a sala de estar, seguida por ANDREI.*)

ANDREI

Não dê atenção a eles! Espere... pare, por favor...

NATASHA

Sou tímida... não sei o que está acontecendo comigo. E eles ficam rindo de mim. Não foi legal de minha parte sair da mesa desse jeito, mas não posso... não aguento. (*Cobre o rosto com as mãos.*)

ANDREI

Minha querida, peço-lhe, suplico que não se irrite. Garanto que eles estão apenas brincando, são pessoas afáveis. Minha querida, minha boa menina, todos são pessoas gentis e sinceras, e gostam tanto de você quanto de mim. Venha para cá, perto da janela, que eles não podem nos ver... (*Olha em volta.*)

NATASHA

Não estou acostumada a essas reuniões!

ANDREI

Ó juventude, bela e esplêndida juventude! Minha querida, não se aborreça! Acredite, acredite em mim... Estou tão feliz, minha alma está cheia de amor, está em êxtase... Eles não nos veem! Não podem nos ver! Por que, por que ou quando me apaixonei por você!... Oh, não consigo entender nada. Minha querida, minha querida, seja minha esposa! Eu a amo, a amo... como nunca amei antes... (*Eles se beijam.*)

(*Entram dois oficiais e, vendo os dois se beijando, param surpresos.*)

(*Cai o pano.*)

SEGUNDO ATO

(*O mesmo cenário. São 20h. Ouve-se alguém tocando acordeão na rua. Não há fogo na lareira. NATALIA IVANOVNA entra de roupão carregando uma vela acesa; para na porta que dá para o quarto de ANDREI.*)

NATASHA

O que você está fazendo, Andrei? Está lendo? Não é nada, é que... (*Ela abre outra porta, olha para dentro, depois fecha.*) **Não há fogo na lareira...**

ANDREI

(*Entra com o livro na mão.*) O que está fazendo, Natasha?

NATASHA

Eu estava verificando se não deixaram nenhuma vela acesa. É carnaval e a criada está simplesmente fora de si; devo tomar cuidado para que algo não aconteça. Quando entrei na sala de jantar ontem à meia-noite, havia uma vela acesa. Não consegui que ela me dissesse quem a tinha acendido. (*Põe a vela na mesa.*) Que horas são?

ANDREI

(*Olha para o relógio.*) Oito e quinze.

NATASHA

Olga e Irina ainda não chegaram. Coitadas, ainda estão trabalhando! Olga no conselho de professores, Irina no telégrafo... (*Suspira*) Eu disse à sua irmã, hoje pela manhã: "Irina, querida, deve se cuidar mais". Mas ela não me ouve. Disse que eram 8h15? Receio que o pequeno Bobik esteja doente. Por que seu corpinho está tão frio? Ontem estava com febre e hoje está todo frio... Isso me deixa realmente angustiada!

ANDREI

Não há de ser nada, Natasha. O menino está bem.

NATASHA

Ainda assim, acho que devemos seguir uma dieta. Estou com tanto medo. E os animadores deverão estar aqui depois das 9; seria melhor que não viessem, Andrei.

ANDREI

Não sei. Afinal, eles foram chamados.

NATASHA

Esta manhã, quando o menino acordou e me viu, de repente sorriu; isso significa que me reconheceu. "Bom dia, Bobik!", disse eu, então, "bom dia, querido". E ele sorriu. As crianças entendem, entendem muito bem. Andrei, vou avisá-los para não deixar entrar os animadores.

ANDREI

(*Hesitante*) Deixe isso a cargo de minhas irmãs. Elas é que mandam na casa.

NATASHA

Elas vão fazer o que eu quero. São tão gentis... (*Saindo.*) Encomendei coalhada para a noite. O médico diz que deve tomar coalhada e nada mais, caso contrário não vai emagrecer. (*Para*) Bobik está muito frio. Receio que o quarto seja frio demais para ele. Seria bom colocá-lo em outro quarto até o tempo quente chegar. O quarto de Irina, por exemplo, é perfeito para uma criança: é seco e tem sol o dia todo. Poderia dizer a Irina para ficar no quarto de Olga. Ela passa o dia inteiro fora de casa, só dorme aqui... (*Pausa*) Andrei, por que está tão calado?

ANDREI

Estava pensando... Não tenho realmente nada a dizer...

NATASHA

Sim... havia algo que eu queria lhe dizer... Ah, sim. Ferapont veio dos escritórios do Conselho e está à sua procura.

ANDREI

(*Boceja*) **Mande-o entrar.**

(*NATASHA sai; ANDREI lê, curvando-se sobre a vela que ela deixou. FERAPONT entra; usa um casaco velho e puído com a gola levantada; tem uma atadura numa das orelhas.*)

ANDREI

Bom dia, vovô. O que tem a dizer?

FERAPONT

O presidente do Conselho lhe envia um livro e alguns documentos. Aqui... (*Entrega um livro e um pacote.*)

ANDREI

Obrigado. Muito bem. Por que não veio antes? Já passa das 8.

FERAPONT

O quê?

ANDREI

(*Mais alto.*) Disse que chegou tarde, já passa das 8.

FERAPONT

Sim, sim. Cheguei quando ainda estava claro, mas não me deixaram entrar. Disseram que o patrão estava ocupado. Bem, o que eu deveria fazer. Se estava ocupado, então estava ocupado, e eu não tenho pressa. (*Pensando que ANDREI lhe pergunta algo.*) O que disse?

ANDREI

Nada. (*Olha o livro.*) Amanhã é sexta-feira. Eu não deveria ir trabalhar, mas vou assim mesmo... tenho coisas a resolver. E é aborrecido ficar em casa. (*Pausa*) Oh, meu caro velho, como a vida muda estranhamente, e como nos engana! Hoje, por puro tédio, tomei este livro... velhas aulas da faculdade, e não pude deixar de rir. Meu Deus, sou secretário do Conselho distrital, do conselho que tem Protopopov como presidente, sim, sou o secretário, e o auge de minhas ambições é me tornar membro do Conselho! Eu, membro do Conselho distrital, eu, que todas as noites em meus sonhos era professor da Universidade de Moscou, um célebre estudioso de que toda a Rússia se orgulhava!

FERAPONT

Quem?... Não consigo ouvir bem...

ANDREI

Se não ouvisse mal, acho que não deveria falar com você. Tenho de falar com alguém. Minha mulher não me compreende e tenho um pouco de medo de minhas irmãs... não sei porquê, talvez porque riem de mim e me deixam envergonhado... Não bebo, não frequento tabernas, mas como gostaria de estar sentado agora mesmo no Tyestov em Moscou ou no Grande Moscou, meu velho!

FERAPONT

Moscou? Foi ali, segundo me contou um empreiteiro, que certa vez uns comerciantes resolveram comer panquecas; e um deles comeu quarenta panquecas e teve morte súbita. Quarenta ou cinquenta, não lembro bem.

ANDREI

Em Moscou você pode se sentar num restaurante enorme, onde não conhece ninguém e não é conhecido de ninguém, e não se sente um estranho. Aqui você conhece todo mundo e todo mundo o conhece, e se sente um estranho... um estranho solitário.

FERAPONT

O que disse? E o mesmo empreiteiro contou também... talvez estivesse mentindo... que havia um cabo atravessando toda Moscou.

ANDREI

Para quê?

FERAPONT

Não sei. Foi o empreiteiro que me contou.

ANDREI

Bobagem. (*Lê*) Você já esteve em Moscou?

FERAPONT

(*Após uma pausa.*) Não. Deus ainda não me levou até lá. (*Pausa*) Posso ir embora?

ANDREI

Pode. Até logo. (*FERAPONT vai.*) Até logo. (*Lê*) Pode vir amanhã buscar esses documentos... Pode ir... (*Pausa*) Já foi. (*A campainha toca.*) Sim, sim... (*Espreguiça-se e vai lentamente para seu quarto.*)

(*Nos bastidores, a babá cantarola uma canção de ninar. MASHA e VERSHININ entram. Enquanto conversam, uma criada acende velas e uma lamparina.*)

MASHA

Não sei. (*Pausa*) Não sei. É claro que o hábito conta muito. Depois da morte do papai, por exemplo, demoramos muito para nos acostumarmos com a ausência de ordenanças. Mas, além do hábito, parece-me com toda a justiça que, seja como for em outras cidades, as pessoas mais finas e mais bem-educadas são os militares.

VERSHININ

Estou com sede. Gostaria de tomar um pouco de chá.

MASHA

(*Olhando para o relógio.*) Logo vão servi-lo. Eu me casei quando completei 18 anos e tinha medo de meu marido, porque ele era professor e eu tinha acabado de sair da escola. Eu o julgava então assustadoramente sábio, erudito e importante. E agora, infelizmente, isso mudou.

VERSHININ

Sim, sim.

MASHA

Não falo de meu marido, já me acostumei com ele, mas os civis em geral são muitas vezes grosseiros, indelicados, sem educação. A grosseria deles me ofende, me irrita. Sofro quando vejo que um homem não é suficientemente refinado, delicado ou educado. Simplesmente sofro demais quando estou entre professores, colegas de meu marido.

VERSHININ

Sim... Parece-me que civis e militares são igualmente interessantes, nessa cidade, pelo menos. São iguais! Se ouvir um membro da intelectualidade local, seja civil ou militar, ele lhe dirá que está cansado de sua esposa, cansado de sua casa, cansado de sua propriedade, cansado de seus cavalos... Nós, russos, somos extremamente propensos a pensar em planos elevados, mas, me diga, por que miramos tão baixo na vida real? Por quê?

MASHA

Por quê?

VERSHININ

Por que um russo está cansado de seus filhos, está cansado de sua esposa? E por que a esposa e filhos estão cansados dele?

MASHA

Parece-me que está um tanto mal-humorado hoje.

VERSHININ

Talvez esteja. Não almocei e estou sem comer nada desde manhã cedo. Minha filha está um pouco adoentada, e quando minhas filhas estão doentes, fico muito ansioso e minha consciência me tortura, por terem a mãe que têm. Ah, se a tivesse visto hoje! Que personalidade trivial! Começamos a brigar às 7 da manhã e às 9 bati a porta e saí. (*Pausa*) Nunca falo dela, é estranho que eu desabafe só com a senhora. (*Beija-lhe a mão.*) Não fique com raiva de mim. Não tenho ninguém além da senhora, ninguém... (*Pausa*)

MASHA

Que barulho é esse no fogão? Pouco antes da morte do pai, houve um barulho na chaminé, exatamente igual.

VERSHININ

A senhora é supersticiosa?

MASHA

Sim.

VERSHININ

É estranho. (*Beija-lhe a mão.*) A senhora é uma mulher esplêndida e maravilhosa. Esplêndida, maravilhosa! Está escuro aqui, mas vejo o brilho de seus olhos.

MASHA

(*Senta-se em outra cadeira.*) Aqui está mais claro.

VERSHININ

Eu a amo, a amo, a amo... Amo seus olhos, seus movimentos, sonho com eles... Mulher esplêndida, maravilhosa!

MASHA

(*Rindo*) Quando fala assim comigo, sinto vontade de rir. Não sei porquê, pois fico com medo. Não repita isso, por favor... (*Em voz baixa.*) Não, continue, para mim tanto faz... (*Cobre o rosto com as mãos.*) Vem gente, vamos falar de outra coisa.

(*IRINA e TUZENBACH entram pela sala de jantar.*)

TUZENBACH

Meu sobrenome é realmente triplo. Chamo-me barão Tuzenbach-Krone-Altschauer, mas sou russo e ortodoxo, como você. Há muito pouco de alemão em mim, a não ser talvez a paciência e a obstinação com que a aborreci. Acompanho-a até em casa todas as noites.

IRINA

Como estou cansada!

TUZENBACH

E todo dia irei ao telégrafo e a acompanharei até em casa por dez ou vinte anos, até que me mande embora. (*Vê MASHA e VERSHININ; em tom alegre.*) Ah, os senhores por aqui? Tudo bem? Como vão?

IRINA

Bem, finalmente estou em casa. (*Para MASHA*) Uma senhora veio hoje telegrafar para seu irmão em Saratov, comunicando que o filho morreu; mas não conseguia se lembrar do endereço do irmão. Então enviou o telegrama sem endereço, apenas para Saratov. A mulher chorava e eu, por alguma razão, fui rude com ela. "Não tenho tempo", disse-lhe. Não foi nada bom. Os animadores vêm hoje à noite?

MASHA

Sim.

IRINA

(*Sentando-se numa poltrona.*) Quero descansar um pouco. Estou cansada.

TUZENBACH

(*Sorrindo*) Quando chega em casa do trabalho parece tão jovem e tão infeliz... (*Pausa*)

IRINA

Estou cansada. Não, não gosto da agência do telégrafo, não gosto.

MASHA

Você emagreceu... (*Assobia um pouco.*) E parece mais jovem, seu rosto ficou como o de um rapaz.

TUZENBACH

É por causa do jeito que arruma o cabelo.

IRINA

Tenho de arranjar outro emprego, esse não serve para mim. Não tem nada do que eu queria, do que eu esperava conseguir, é o que está me faltando. Trabalho sem poesia, sem ideias... (*Uma batida no chão.*) O médico está batendo. (*Para TUZENBACH*) Pode bater, querido. Eu não posso... estou cansada... (*TUZENBACH devolve as batidas no assoalho.*) Logo, logo vai estar aqui. Algo deveria ser feito. Ontem o médico e Andrei jogaram cartas no clube e perderam dinheiro. Parece que Andrei perdeu 200 rublos.

MASHA

(*Com indiferença.*) O que podemos fazer?

IRINA

Quinze dias atrás, perdeu também, e perdeu dinheiro em dezembro. Talvez, se perdesse tudo, poderíamos ir embora desta cidade. Oh, meu Deus, sonho com Moscou todas as noites. E fico toda alvoroçada. (*Ri*) Vamos para lá em junho, e antes de junho ainda tem... fevereiro, março, abril, maio... quase meio ano!

MASHA

Só Natasha não deve ficar sabendo de todas essas perdas no jogo.

IRINA

Creio que para ela tanto faz.

(*TCHEBUTIKIN, que acabou de levantar da cama, depois de descansar após o almoço, entra na sala de jantar, penteando a barba; senta-se à mesa e tira um jornal do bolso.*)

MASHA

Aqui está ele... Pagou o aluguel?

IRINA

(*Ri*) Não. Está aqui há oito meses e não pagou um copeque. Parece ter esquecido.

MASHA

(*Ri*) Que dignidade na pose dele! (*Todos riem. Pausa.*)

IRINA

Por que está tão calado, Aleksander Ignatievitch?

VERSHININ

Não sei. Quero um pouco de chá. Metade de minha vida por uma xícara de chá: não comi nada desde manhã cedo.

TCHEBUTIKIN

Irina Sergueievna!

IRINA

O que é?

TCHEBUTIKIN

Venha cá, por favor! Venha cá! (*IRINA vai e se senta à mesa.*) Não consigo ficar sem a senhora. (*IRINA põe as cartas para o jogo de paciência.*)

VERSHININ

Bem, se não podemos tomar chá, vamos filosofar, então.

TUZENBACH

Sim, vamos. Sobre o quê?

VERSHININ

Sobre o quê? Vamos imaginar... sobre a vida como deverá ser depois de nosso tempo; por exemplo, daqui a duzentos ou trezentos anos.

TUZENBACH

E então? Depois de nosso tempo, as pessoas voarão em balões, a moda vai mudar, talvez descubram um sexto sentido e o desenvolvam, mas a vida continuará a mesma, laboriosa, misteriosa e feliz. E daqui a mil anos, as pessoas ainda estarão suspirando: "A vida é dura!"...e ao mesmo tempo terão tanto medo da morte e não estarão dispostas a enfrentá-la, como nós agora.

VERSHININ

(*Pensativo*) Como posso colocar isso? Parece-me que tudo na terra deve mudar, pouco a pouco, e já está mudando diante de nossos olhos. Depois de duzentos ou trezentos anos, depois de mil... o tempo real não importa... uma nova e feliz era começará. Nós, é claro, não participaremos dela, mas vivemos e trabalhamos e até sofremos hoje para que ela aconteça. Nós a criamos... e nessa única finalidade está envolvido nosso destino e, se preferir, nossa felicidade. (*MASHA ri baixinho.*)

TUZENBACH

O que há?

MASHA

Não sei. Ando rindo o dia todo, desde a manhã.

VERSHININ

Terminei meus estudos na mesma série que você. Não ingressei na universidade, leio muito, mas não consigo selecionar devidamente meus livros e talvez o que leio não seja nada do que deveria, mas quanto mais vivo, mais quero saber. Estou ficando de cabelo branco, sou quase um velho, mas sei tão pouco, oh, tão pouco! Mas acho que sei as coisas que mais importam e que são mais reais. Eu as conheço bem. E eu gostaria de lhe demonstrar que não há felicidade para nós, que não deve e não pode haver... Devemos apenas trabalhar e trabalhar, e a felicidade está reservada apenas para nossa posteridade distante. (*Pausa*) Se não for para mim, então será para os descendentes de meus descendentes.

(FEDOTIK e RODE entram na sala de jantar; sentam e cantam baixinho, dedilhando um violão.)

TUZENBACH
Estou de acordo, não se deve nem pensar em felicidade! Mas suponha que eu seja feliz!

VERSHININ
Não.

TUZENBACH
(Mexe as mãos e ri.) Parece que não nos entendemos. Como posso convencê-lo? *(MASHA ri baixinho, TUZENBACH continua, apontando para ela.)* Sim, pode rir! *(Para VERSHININ)* Não apenas dentro de dois ou três séculos, mas em um milhão de anos, a vida ainda será como é; a vida não muda, permanece para sempre, seguindo as próprias leis que não nos dizem respeito, ou que, de qualquer forma, nunca descobrirá. Aves migratórias, grous, por exemplo, voam e voam, e quaisquer que sejam os pensamentos, elevados ou mesquinhos, que se agitam na cabeça dessas aves, ainda voarão e não saberão por quê ou para onde. Voam e continuarão a voar, sem se importar com os filósofos que venham a viver entre elas; podem filosofar quanto quiserem, desde que voem...

MASHA
Ainda assim, há algum sentido nisso?

TUZENBACH
Um sentido... Agora está nevando. Qual é o sentido disso? *(Pausa)*

MASHA
Parece-me que um homem deve ter fé, ou deve buscá-la, senão sua vida será vazia, vazia... Viver e não saber por que as cegonhas

voam, por que os bebês nascem, por que existem estrelas no céu... ou deve saber por que vive, ou tudo é trivial, não vale absolutamente nada. (*Pausa*)

VERSHININ

Ainda assim, lamento que minha juventude tenha passado.

MASHA

Gogol[6] diz: "A vida neste mundo é uma chatice, senhores!"

TUZENBACH

E eu digo que é difícil discutir com os senhores! Com os diabos!

TCHEBUTIKIN

(*Lendo*) Balzac[7] casou-se em Berdichev. (*IRINA cantarola baixinho.*) Vale a pena anotar. (*Faz uma anotação.*) Balzac se casou em Berdichev. (*Continua lendo.*)

IRINA

(*Jogando cartas, pensativa.*) Balzac se casou em Berdichev.

TUZENBACH

A sorte está lançada. Entreguei meu pedido para passar à reserva, Maria Sergueievna.

MASHA

Foi o que ouvi falar. Não vejo nada de bom nisso; Não gosto de civis.

TUZENBACH

Tanto faz... (*Levanta-se*) Não sou bonito; de que adianta ser soldado? Bem, não faz diferença... Vou trabalhar. Se ao menos uma vez na

---

6 Nikolai Vassilievitch Gogol (1809-1852), romancista e contista russo, nascido em localidade que hoje pertence ao território ucraniano. (N.T.)

7 Honoré de Balzac (1799-1850), célebre escritor francês. Berdichev é uma cidade do norte da Ucrânia. (N.T.)

vida eu pudesse trabalhar para chegar em casa à noite, cair exausto na cama e dormir imediatamente. (*Entrando na sala de jantar.*) Os trabalhadores, suponho, dormem profundamente!

FEDOTIK

(*Para IRINA.*) Comprei há pouco, para você, alguns lápis de cor no Pizhikov, na rua Moscou. E também essa faquinha.

IRINA

Você adquiriu o hábito de se comportar comigo como se eu fosse uma garotinha, mas já estou crescida. (*Pega os lápis e a faca, então, com alegria.*) Que maravilha!

FEDOTIK

E para mim comprei um canivete... veja só... uma lâmina, outra, uma terceira, uma pequena espátula, uma tesoura, um limpador de unhas.

RODE

(*Em voz alta.*) Doutor, quantos anos o senhor tem?

TCHEBUTIKIN

Eu? Trinta e dois. (*Ri*)

FEDOTIK

Vou lhe mostrar outro jogo de paciência... (*Dispõe as cartas.*)

(*Trazem o samovar; ANFISSA cuida dele; pouco depois entra NATASHA e ajuda na mesa; SOLIONI chega e, depois dos cumprimentos, senta-se à mesa.*)

VERSHININ

Que vento!

MASHA

Sim. Estou cansada do inverno. Já esqueci como é o verão.

IRINA

Vai dar bem certo, estou vendo. Iremos para Moscou.

FEDOTIK

Não, não vai dar certo. Olhe, o oito estava no dois de espadas. (*Ri*) Isso significa que não irão para Moscou.

TCHEBUTIKIN

(*Lendo o jornal.*) A varíola está se alastrando por aqui.

ANFISSA

(*Aproximando-se de MASHA.*) Masha, tome um chá, mãezinha. (*Para VERSHININ*) Por favor, tome um pouco, senhor... desculpe-me, mas esqueci seu nome...

MASHA

Traga-me um pouco também, babá. Não vou até aí buscá-lo.

IRINA

Babá!

ANFISSA

Já vai, já vai!

NATASHA

(*Para SOLIONI*) As crianças de peito compreendem perfeitamente. Eu disse: "Bom dia, Bobik; bom dia, querido!" E ele olhou para mim de uma maneira bastante incomum. O senhor pensa que é só porque sou a mãe que digo isso. Garanto que não é. Ele é uma criança maravilhosa!

SOLIONI

Se fosse meu filho, eu o assaria numa frigideira e o comeria. (*Leva sua xícara para a sala de visitas e se senta num canto.*)

NATASHA

(*Cobre o rosto com as mãos.*) Vulgar, seu homem mal-educado!

MASHA

Tem sorte quem não percebe se agora é inverno ou verão. Acho que se estivesse em Moscou, não me importaria com o clima.

VERSHININ

Alguns dias atrás, eu estava lendo o diário de prisão de um ministro francês. Ele havia sido condenado por causa do escândalo do Panamá. Com que alegria, com que prazer, ele fala dos pássaros que via pelas janelas da prisão, aves que nunca havia notado enquanto era ministro. Agora que está em liberdade, é claro que não percebe esses pássaros mais do que antes de ser preso. De igual forma, a senhora não vai mais notar Moscou, depois que passar a morar nela. Não pode haver felicidade para nós, ela só existe em nossos desejos.

TUZENBACH

(*Tira uma caixa de papelão da mesa.*) Onde estão os salgadinhos?

IRINA

Solioni os comeu.

TUZENBACH

Todos?

ANFISSA

(*Servindo chá.*) Trouxeram uma carta para o senhor.

VERSHININ

Para mim? (*Pega a carta.*) De minha filha. (*Lê*) Sim, claro... Eu irei tranquilamente. Perdoe-me, Maria Sergueievna. Não vou tomar o chá. (*Levanta-se, agitado.*) Essa eterna história...

MASHA

O que aconteceu? É segredo?

VERSHININ

(*Baixando a voz.*) Minha esposa tomou veneno de novo. Tenho de ir. Vou me retirar sem despertar a atenção. É tudo terrivelmente desagradável. (*Beija a mão de MASHA.*) Minha querida, minha esplêndida e boa senhora... Vou por aqui, sem que ninguém note. (*Sai*)

ANFISSA

Aonde foi? E lhe servi chá... Que homem!

MASHA

(*Zangada*) Fique quieta! Você me aborrece e não me dá um momento de paz... (*Vai até a mesa com a xícara.*) Estou cansada de você, velha!

ANFISSA

Minha querida! Por que está ofendida!

A VOZ DE ANDREI

Anfissa!

ANFISSA

(*Arremedando*) Anfissa! Sempre entocada sei lá onde e... (*Sai*)

MASHA

(*Na sala de jantar, à mesa e zangada.*) Deixem-me sentar! (*Espalha as cartas na mesa.*) Aqui estão, com as cartas por toda a mesa. Tomem o chá!

IRINA

Está zangada, Masha.

MASHA

Se estou zangada, então não fale comigo. Não me toque!

TCHEBUTIKIN

Não toque nela, não a toque...

MASHA

O senhor está com 60 anos, mas é como um menino, sempre aprontando alguma bobagem.

NATASHA

(*Suspira*) Querida Masha, por que usa essas expressões? Com sua bela presença, você simplesmente encantaria a todos na alta sociedade, se não fosse, digo-lhe sinceramente, por suas maneiras. *Je vous prie, pardonnez moi, Marie, mais vous avez des manières un peu grossières*[8].

TUZENBACH

(*Contendo o riso.*) Dê-me... dê-me... acho que há conhaque ali.

NATASHA

Parece que meu Bobik não dorme mais, acordou. Não está bem hoje. Desculpem-me, vou vê-lo... (*Sai*)

IRINA

Para onde foi Aleksander Ignatievitch?

MASHA

Para casa. Algo extraordinário aconteceu de novo com a esposa dele.

TUZENBACH

(*Vai até SOLIONI com uma garrafa de conhaque nas mãos.*) Você continua sentado sozinho, pensando em alguma coisa... sabe lá

---

8 Frase em francês, que diz: "Por favor, me perdoe, Maria, mas você tem modos um pouco grosseiros". (N.T.)

Deus em quê. Venha e vamos fazer as pazes. Vamos tomar um conhaque. (*Bebem*) Acho que vou ter de tocar piano a noite toda, algum lixo provavelmente... bem, que assim seja!

SOLIONI
Por que fazer as pazes? Eu não briguei com você.

TUZENBACH
Você sempre me induz a ter a impressão de que algo aconteceu entre nós. Você tem um caráter estranho, deve admitir.

SOLIONI
(*Declama*) "Eu sou estranho, mas quem não é? Não fique zangado, Aleko!"

TUZENBACH
E o que Aleko tem a ver com isso? (*Pausa*)

SOLIONI
Quando estou sozinho com outra pessoa, me comporto como todos, mas em companhia de muitos sou chato e tímido e... falo todo tipo de bobagem. Mas sou mais honesto e mais nobre do que muitas, muitas pessoas. E posso provar isso.

TUZENBACH
Muitas vezes fico com raiva de você, pois sempre se agarra em mim quando estamos na companhia de outros; mas gosto de você do mesmo jeito. Hoje vou beber até me embebedar, aconteça o que acontecer. Vamos beber!

SOLIONI
Vamos beber. (*Bebem*) Nunca tive nada contra você, barão. Mas meu caráter é igual ao de Lermontov[9]. (*Em voz baixa.*) Até me

---

9 Mikhail Iurevitch Lermontov (1814-1841), poeta russo. (N.T.)

pareço com ele, dizem... (*Tira um frasco de perfume do bolso e derrama um pouco nas mãos.*)

TUZENBACH

Apresentei meu pedido de demissão, vou para a reserva. Basta! Estive pensando nisso por cinco anos e finalmente me decidi. Vou trabalhar.

SOLIONI

(*Declama.*) "Não se zangue, Aleko... Esqueça, esqueça, seus sonhos de outrora..."

(*Enquanto está falando, ANDREI entra silenciosamente com um livro e se senta perto da mesa.*)

TUZENBACH

Vou trabalhar.

TCHEBUTIKIN

(*Indo com IRINA para a sala de jantar.*) E a comida também era uma verdadeira sopa de cebola caucasiana e, como assado, um pouco de *tchehartma*.

SOLIONI

Tcheremsha não é carne, mas um vegetal, parecido com cebola.

TCHEBUTIKIN

Não, meu anjo. *Tchehartma* não é cebola, é carne de cordeiro assado.

SOLIONI

E eu lhe digo, *tchehartma*... é uma espécie de cebola.

TCHEBUTIKIN

E eu lhe digo, *tchehartma*... é carne de carneiro.

SOLIONI

E eu lhe digo, *tcheremsha*... é uma espécie de cebola.

TCHEBUTIKIN

De que adianta discutir! Você nunca esteve no Cáucaso e nunca comeu *tchehartma*.

SOLIONI

Nunca comi, porque a odeio. Tem cheiro de alho.

ANDREI

(*Implorando.*) Por favor, por favor! Peço-lhes, basta!

TUZENBACH

Quando vêm os animadores?

IRINA

Prometeram chegar às 9; isto é, logo mais.

TUZENBACH

(*Abraça ANDREI.*) "Oh, minha casa, minha casa, minha casa recém-construída."

ANDREI

(*Dança e canta.*) "Recém-construída de madeira de bordo."

TCHEBUTIKIN

(*Dança.*) "Suas paredes são como uma peneira!" (*Risos*)

TUZENBACH

(*Beija ANDREI.*) Com os diabos, vamos beber. Andrei, meu rapaz, vamos beber! E eu vou com você, Andrei, para a Universidade de Moscou.

SOLIONI

Qual delas? Existem duas universidades em Moscou.

ANDREI

Há uma universidade em Moscou.

SOLIONI

E eu digo que há duas.

ANDREI

Não importa. Se forem três, tanto melhor.

SOLIONI

Existem duas universidades em Moscou! (*Há murmúrios e protestos.*) Há duas universidades em Moscou, a antiga e a nova. E se não gostam de ouvir, se minhas palavras os aborrecem, eu me calo. Posso inclusive me retirar em outra sala... (*Sai*)

TUZENBACH

Bravo, bravo! (*Ri*) Vamos começar, agora. Vou tocar. Engraçado esse Solioni... (*Vai ao piano e toca uma valsa.*)

MASHA

(*Dançando sozinha.*) O barão está bêbado, o barão está bêbado, o barão está bêbado!

(*NATASHA entra.*)

NATASHA

(*Para TCHEBUTIKIN*) Ivan Romanovitch!

(*Diz algo a TCHEBUTIKIN, depois sai em silêncio; TCHEBUTIKIN toca TUZENBACH no ombro e lhe sussurra algo.*)

IRINA

O que é?

TCHEBUTIKIN

Está na hora de ir embora. Adeus!

TUZENBACH

Boa noite. Está na hora de ir.

IRINA

Mas é mesmo? E os animadores?

ANDREI

(*Constrangido*) Não haverá animadores. Veja, querida, Natasha diz que Bobik não está muito bem, e então... Numa palavra, não me importo, para mim tanto faz.

IRINA

(*Dando de ombros.*) Bobik está doente!

MASHA

O que ela está pensando! Bem, se são mandados para casa, suponho que tenham de ir. (*Para IRINA*) Bobik está bem, é ela que está doente... Aqui! (*Bate na testa.*) Burguesinha!

(*ANDREI sai pela porta da direita, TCHEBUTIKIN o segue. Na sala de jantar estão se despedindo.*)

FEDOTIK

Que pena! Esperava passar a noite aqui, mas é claro que se o bebezinho estiver doente... amanhã trarei alguns brinquedos para ele.

RODE

(*Em voz alta.*) Dormi hoje à tarde, porque pensei que ia dançar a noite toda. São apenas 9 horas agora!

MASHA

Vamos para fora, lá podemos conversar e decidir o que fazer.

(*Ouvem-se despedidas e boa-noite. E também a risada alegre de TUZENBACH. Todos se retiram. ANFISSA e a empregada tiram a mesa e apagam as luzes. A babá cantarola. ANDREI entra de capa e chapéu, acompanhado de TCHEBUTIKIN.)*

TCHEBUTIKIN

Nunca consegui me casar, porque minha vida passou como um relâmpago e porque estava loucamente apaixonado por sua mãe, que era casada.

ANDREI

Não se deve casar. Não se deve, porque é enfadonho.

TCHEBUTIKIN

Assim, aí estou eu, em minha solidão. Diga o que quiser, a solidão é uma coisa terrível, meu rapaz... Embora realmente... claro, decididamente isso não importa!

ANDREI

Vamos mais depressa.

TCHEBUTIKIN

Por que está com tanta pressa? Temos tempo.

ANDREI

Tenho medo que minha esposa possa me impedir.

TCHEBUTIKIN

Ah!

ANDREI

Esta noite, não vou jogar, vou apenas sentar e observar. Não me sinto muito bem... O que devo fazer com minha asma, Ivan Romanovitch?

TCHEBUTIKIN

Não me pergunte! Não me lembro, meu rapaz, não sei.

ANDREI

Passemos pela cozinha. (*Saem*)

(*Uma campainha toca, depois uma segunda vez; ouvem-se vozes e risos.*)

IRINA

(*Entra*) O que é isso?

ANFISSA

(*Sussurra*) Os animadores! (*A campainha toca.*)

IRINA

Diga-lhes que não há ninguém em casa. Que tenham a fineza de nos desculpar.

ANFISSA sai. IRINA anda pela sala, pensativa; está irritada. SOLIONI entra.)

SOLIONI

(*Surpreso*) Não há ninguém aqui... Onde estão todos?

IRINA

Foram para casa.

SOLIONI

Que estranho. Está aqui sozinha?

IRINA

Sim, sozinha. (*Pausa*) Adeus!

SOLIONI

Há pouco me comportei sem tato, com insuficiente reserva. Mas a senhora não é como todos os outros, a senhora é nobre e pura, pode enxergar a verdade... Só a senhora pode me entender. Eu a amo, profundamente, além de toda medida, eu a amo.

IRINA

Adeus! Vá embora.

SOLIONI

Não posso viver sem a senhora. (*Segue-a*) Oh, minha felicidade! (*Entre lágrimas.*) Oh, alegria! Olhos maravilhosos, fascinantes, magníficos, como nunca vi antes...

IRINA

(*Friamente*) Pare com isso, Vassili Vassilievitch!

SOLIONI

É a primeira vez que lhe falo de amor, e é como se eu não estivesse mais na terra, mas em outro planeta. (*Limpa a testa.*) Bem, não importa. Não posso fazê-la me amar à força, é claro... mas não pretendo ter rivais mais afortunados... Não... Juro por todos os santos, matarei meu rival... Oh, criatura mais linda!

(*NATASHA entra com uma vela; olha por uma porta, depois por outra e passa pela porta que leva ao quarto do marido.*)

NATASHA

Aqui está Andrei. Deixem que continue lendo. Desculpe, Vassili Vassilievitch, não sabia que estava aqui. Estou verificando a casa.

SOLIONI

Para mim, tanto faz. Adeus! (*Sai*)

NATASHA

Você está tão cansada, minha pobre e querida menina! (*Beija IRINA.*) Deveria ir para a cama mais cedo.

IRINA

Bobik está dormindo?

NATASHA

Sim, mas agitado. A propósito, querida, queria lhe dizer uma coisa, mas você não estava aqui ou eu estava ocupada... Acho que o atual quarto de bebê de Bobik é frio e úmido. E seu quarto seria tão bom para a criança. Minha querida, querida menina, poderia mudar por pouco tempo para o quarto de Olga!

IRINA

(*Não entendendo.*) **Para onde?**

(*Ouvem-se as campainhas de uma troica que se aproxima da casa.*)

NATASHA

Você e Olga podem dividir um quarto, por enquanto, e Bobik pode ficar com o seu. Ele é tão querido; hoje eu disse a ele: "Bobik, você é meu! Meu!" E ele olhou para mim com seus queridos olhinhos. (*A campainha toca.*) **Deve ser Olga. Como está atrasada!** (*A empregada entra e sussurra para NATASHA.*) **Protopopov? Que homem extravagante fazendo uma coisa dessas. Protopopov veio e quer que eu vá dar uma volta com ele em sua troica.** (*Ri*) **Como esses homens são engraçados...** (*A campainha toca.*) **Chegou alguém. Talvez eu saia para um passeio de meia hora...** (*Para a empregada*) **Diga que não vou demorar.** (*A campainha toca.*) **Alguém está tocando, deve ser Olga.** (*Sai*)

(*A empregada sai correndo; IRINA fica pensativa; KULIGUIN e OLGA entram, seguidos por VERSHININ.*)

KULIGUIN

Bem, cá estamos. E você disse que haveria uma festa aqui.

VERSHININ

É estranho. Fui embora não faz muito tempo, meia hora atrás, e eles estavam esperando animadores.

IRINA

Todos foram embora.

KULIGUIN

Masha também foi? Para onde? E o que Protopopov está esperando lá embaixo na troica dele? Quem está esperando?

IRINA

Não faça perguntas... Estou cansada.

KULIGUIN

Ah, vocês são todas caprichosas...

OLGA

Minha reunião terminou há pouco e estou morta de cansada. Nossa presidente está doente, então tive de substituí-la. Minha cabeça, minha cabeça está doendo... (*Senta-se.*) Andrei perdeu 200 rublos nas cartas ontem... a cidade inteira está falando disso...

KULIGUIN

Sim, minha reunião também me cansou. (*Senta-se*)

VERSHININ

Minha esposa tentou me assustar agora há pouco, quase se envenenando. Está tudo bem agora, e estou feliz, pois posso descansar finalmente... Mas será que temos de ir embora? Bem, minhas saudações, Fiodor Ilitch, vamos a algum lugar juntos! Eu não posso, não posso de jeito nenhum ficar em casa... Vamos!

KULIGUIN

Estou cansado. Não vou. (*Levanta-se*) Estou cansado. Minha esposa foi para casa?

IRINA

Suponho que sim.

KULIGUIN

(*Beija a mão de IRINA.*) Adeus, vou descansar o dia todo amanhã e também depois de amanhã. Cordiais saudações! (*Indo*) Gostaria de um pouco de chá. Estava ansioso em passar a noite inteira em agradável companhia e... *o, fallacem hominum spem!*[10]... Caso acusativo após uma exclamação...

VERSHININ

Então vou para algum lugar sozinho. (*Sai com KULIGUIN, assobiando.*)

OLGA

Estou com tanta dor de cabeça... Andrei está perdendo dinheiro... A cidade inteira está falando... Vou me deitar. (*Indo*) Amanhã estou livre... Oh, meu Deus, que felicidade! Estou livre amanhã, estou livre no dia seguinte... Oh! minha cabeça, minha cabeça... (*Sai*)

IRINA

(*Sozinha*) Todos se foram. Não sobrou ninguém.

(*Um acordeão toca na rua. A babá canta.*)

NATASHA

(*De casaco de pele e gorro, atravessa a sala de jantar, seguida pela empregada.*) Volto em meia hora. Só vou dar uma volta. (*Sai*)

IRINA

(*Sozinha, abatida.*) Para Moscou! Moscou! Moscou!

(*Cai o pano.*)

---

10 Expressão latina que significa: "Ó falaz esperança dos homens!" Ao se referir ao "caso acusativo", o personagem relembra a declinação latina dos substantivos e adjetivos. (N.T.)

TERCEIRO ATO

(*O quarto compartilhado por OLGA e IRINA. Camas, separadas por biombos, à direita e à esquerda. Já passa das 2 da manhã. Atrás do palco um alarme; há um incêndio que já dura bastante tempo. Ninguém na casa foi para a cama ainda. MASHA está deitada num sofá, de roupa preta, como sempre. Entram OLGA e ANFISSA.*)

ANFISSA

Agora estão sentados, lá embaixo da escada. Eu lhes disse: "Por que não sobem? Não podem continuar assim!" Eles simplesmente gritaram: "Não sabemos onde está papai. Pode ter morrido no meio do fogo". Que coisa terrível! E no quintal há algumas pessoas... também sem roupa.

OLGA

(*Tira um vestido do armário.*) Tome este vestido cinza... E este... e a blusa também... Tome a saia também, babá... Meu Deus! Como é horrível! Toda a estrada Kirsanovski parece estar tomada pelo fogo. Tome isso... e isso... (*Joga as roupas nas mãos dela.*) Os pobres Vershinin estão tão assustados... A casa deles quase foi tomada pelo fogo. Devem passar a noite aqui... Não deveriam deixá-los ir para casa... Na casa do pobre Fedotik queimou tudo, não sobrou nada...

ANFISSA

Podia chamar Ferapont, Olga, querida. Eu sozinha não consigo fazer tudo...

OLGA

(*A campainha toca.*) **Ninguém atende...** (*Na porta.*) **Venha, quem estiver aí!** (*Através da porta aberta vê-se uma janela vermelha em chamas: ouve-se um carro de bombeiros passando pela casa.*) **Que horror! Não aguento mais!** (*FERAPONT entra.*) **Leve essas coisas para baixo... As meninas Kolotilin estão lá embaixo... e deixe tudo com elas. Isso também.**

FERAPONT

Sim, senhora. No ano doze, Moscou também ardeu em chamas. Oh!, meu Deus! Os franceses ficaram surpresos.

OLGA

Vá, vá...

FERAPONT

Sim, senhora. (*Sai*)

OLGA

Querida babá, dê tudo a eles. Não precisamos de nada. Dê-lhes tudo... Estou cansada, mal consigo me manter de pé... Não devemos deixar os Vershinin ir para casa... As meninas podem dormir na sala de estar, e Aleksander Ignatievitch pode ir para o apartamento do barão... Fedotik pode ficar lá também ou então em nossa sala de jantar... O médico está bêbado, bêbado como se fosse de propósito, então ninguém pode ir para a casa dele. A esposa de Vershinin pode ficar na sala de visitas.

ANFISSA

(*Cansada*) Olga, querida, não me dispense! Não me mande embora!

OLGA

Está falando bobagem, babá. Ninguém vai dispensá-la.

ANFISSA

(*Deita a cabeça no peito de OLGA.*) Minha querida e preciosa menina, estou trabalhando, estou me esforçando... estou ficando fraca, e todos vão me dizer "Vá embora!" Mas para onde? Onde? Estou com 80, 81 anos...

OLGA

Sente-se, minha querida babá... Está cansada, pobrezinha... (*Faz com que se sente.*) Descanse, querida. Está tão pálida!

(*NATASHA entra.*)

NATASHA

Estão dizendo que um comitê para ajudar as vítimas do incêndio deve ser formado imediatamente. O que acha? É uma bela ideia. Claro que os pobres devem ser ajudados, é o dever dos ricos. Bobik e a pequena Sophie estão dormindo, dormindo como se nada estivesse acontecendo. Há tanta gente aqui, a casa toda está tomada; há gente por toda parte. O problema é que há uma epidemia de gripe na cidade e receio que as crianças sejam contagiadas.

OLGA

(*Não lhe dando atenção.*) Desta sala, não se consegue ver o fogo; aqui é tranquilo.

NATASHA

Sim... Estou toda desarrumada. (*Diante do espelho.*) Dizem que estou ficando gorda... não é verdade! Certamente não é! Masha está dormindo; a pobrezinha está exausta... (*Friamente, para ANFISSA.*) Não se atreva a se sentar em minha presença! Levante-se! Saia daqui! (*ANFISSA sai; pausa.*) Não entendo o que a leva a ficar com essa velha!

OLGA

(*Confusa*) Desculpe-me, eu tampouco entendo...

NATASHA

Ela é inútil aqui. Vem do campo, devia morar lá... Para que mimá-la! Gosto de ordem na casa! Não queremos pessoas sem serventia aqui. (*Acaricia o rosto de Olga.*) Você está cansada, pobrezinha! Nossa diretora está cansada! E quando minha pequena Sophie crescer e for para a escola, vou passar a ter medo de você.

OLGA

Não serei diretora.

NATASHA

Vão nomeá-la, Olga. Está tudo resolvido.

OLGA

Vou recusar o cargo. Não posso... Não me sinto capaz... (*Bebe água.*) Você foi muito rude com a babá, agora há pouco... me desculpe. Não posso suportar isso... fiquei chocada...

NATASHA

(*Agitada*) Perdoe, Olga, me perdoe... não queria aborrecê-la.

(*MASHA se levanta, apanha um travesseiro e sai zangada.*)

OLGA

Lembre-se, querida... fomos educadas, talvez de uma maneira incomum, mas não posso suportar isso. Esse tipo de comportamento me deixa mal... fico doente... simplesmente me deixa desanimada!

NATASHA

Perdoe-me, perdoe-me... (*Beija-a*)

OLGA

Mesmo a menor grosseria, a menor falta de educação, me perturba.

NATASHA

Costumo falar demais, é verdade, mas você deve concordar, querida, que ela poderia muito bem morar no campo.

OLGA

Ela está conosco há trinta anos.

NATASHA

Mas já não consegue trabalhar. Ou eu não entendo, ou você não quer me entender. Ela não serve para o trabalho, só consegue dormir ou ficar sentada.

OLGA

Deixe-a ficar sentada.

NATASHA

(*Surpresa*) O que quer dizer? Ela é apenas uma criada. (*Chorando*) Não a compreendo, Olga. Tenho uma babá, uma ama de leite, temos cozinheira, empregada doméstica... para que precisamos dessa velha? Para que serve? (*Alarme de incêndio atrás do palco.*)

OLGA

Envelheci dez anos esta noite.

NATASHA

Devemos chegar a um acordo, Olga. Seu lugar é a escola, o meu... o lar. Você se dedica a ensinar, eu, à casa. E se falo de criados, então sei do que estou falando; sei do que estou falando... E amanhã não haverá mais aquele velho ladrão, aquela velha bruxa... (*Batendo o pé.*) Aquela bruxa! E não ouse me irritar! Não se atreva! (*Parando um pouco.*) Realmente, se você não se mudar para o andar debaixo, estaremos sempre brigando. Isso é horrível.

(*Entra KULIGUIN.*)

KULIGUIN

Onde está Masha? Está na hora de irmos para casa. O fogo parece estar diminuindo. (*Espreguiça-se*) Apenas um quarteirão foi atingido, mas havia um vento tão forte que a princípio parecia que toda a cidade iria queimar. (*Senta-se*) Estou cansado. Minha querida Olga... Muitas vezes penso que, se não fosse por Masha, eu deveria ter me casado com você. Você é extremamente bondosa... Estou incrivelmente cansado. (*Escuta*)

OLGA

O que é?

KULIGUIN

O médico, é claro, tem bebido muito; está terrivelmente bêbado. Pode ter feito isso de propósito! (*Levanta-se*) Parece que está vindo para cá... Está ouvindo? Sim, ele mesmo... (*Ri*) Que homem... realmente... vou me esconder. (*Vai até o armário e fica no canto.*) Que tratante!

OLGA

Não tocava numa gota de bebida havia dois anos e agora, de repente, toma todas e fica desse jeito...

(*Retira-se com NATASHA para o fundo da sala. TCHEBUTIKIN entra; aparentemente sóbrio, para, olha em volta, depois vai até a pia e começa a lavar as mãos.*)

TCHEBUTIKIN

(*Zangado*) Que o diabo os carregue a todos eles... todos eles... Acham que, por ser médico, posso curar tudo. E eu não sei absolutamente nada, esqueci tudo o que sabia, não me lembro de nada, de absolutamente nada. (*OLGA e NATASHA saem, sem que ele perceba.*) Que o diabo os carregue! Na quarta-feira passada, atendi uma mulher em Zassip... ela morreu, e é por culpa minha agora que ela morreu. Sim... Eu sabia algumas coisas, 25 anos atrás, mas agora não me lembro mais de nada. Nada. Talvez eu não seja mais realmente um homem e esteja apenas fingindo que tenho braços, pernas e cabeça; talvez eu nem exista, e apenas imagino que ando, que como e durmo. (*Chora*) Ah, se eu não existisse! (*Para de chorar; com raiva.*) Só o diabo sabe... Anteontem conversavam no clube; diziam, Shakespeare, Voltaire[11]. Eu nunca li, nunca li nada de nenhum dos dois, mas dei a entender, com minha expressão, como se tivesse lido. E os outros fizeram o mesmo. Oh, que velhaquice! Que mesquinharia! E então me lembrei da mulher que matei na quarta-feira... e não consegui tirá-la da cabeça e tudo em minha mente ficou distorcido, desagradável, repulsivo... Então saí e me entreguei à bebida...

(*IRINA, VERSHININ e TUZENBACH entram; TUZENBACH usa roupas civis novas e da moda.*)

IRINA
Vamos nos sentar um pouco. Ninguém vai entrar aqui.

VERSHININ
A cidade inteira teria sido destruída, se não fosse pelos soldados. Rapazes de fibra! (*Esfrega as mãos de contentamento.*) Rapazes formidáveis! Gente de primeira!

KULIGUIN
(*Aproximando-se dele.*) Que horas são?

TUZENBACH
Já passa das 3. Está amanhecendo.

IRINA
Estão todos sentados na sala de jantar, ninguém vai embora. E aquele seu Solioni também está lá. (*Para TCHEBUTIKIN*) Não é melhor que vá dormir, doutor?

---

11 Trata-se de William Shakespeare (1564-1616), dramaturgo e poeta inglês, e de François-Marie Arouet, dito Voltaire (1694-1778), filósofo e ensaísta francês. (N.T.)

TCHEBUTIKIN

Está tudo bem... obrigado... (*Penteia a barba.*)

KULIGUIN

(*Ri*) Falar é um pouco difícil, hein, Ivan Romanovitch! (*Dá um tapinha no ombro dele.*) Homem de verdade! *In vino veritas*[12], diziam os antigos.

TUZENBACH

Continuam a me pedir para organizar um concerto em benefício das vítimas do incêndio.

IRINA

Como se alguém pudesse fazer qualquer coisa...

TUZENBACH

Pode ser organizado, se necessário. A meu ver, Maria Sergueievna é uma excelente pianista.

KULIGUIN

Sim, excelente!

IRINA

Ela esqueceu tudo. Faz três anos que não toca... ou quatro.

TUZENBACH

Nesta cidade, ninguém entende de música, nem uma viva alma, exceto eu, eu entendo, e dou-lhe minha palavra que Maria Sergueievna toca muito bem, é muito talentosa.

KULIGUIN

Tem razão, barão, eu gosto muito de Masha. É uma mulher refinada.

---

12 Ditado latino que significa: "No vinho (está) a verdade". (N.T.)

TUZENBACH

Saber tocar tão admiravelmente e, ao mesmo tempo, perceber que ninguém, ninguém a entende!

KULIGUIN

(*Suspira*) Sim... Mas será que é conveniente que ela participe de um concerto? (*Pausa*) Na realidade, eu não sei. Talvez até seja uma boa ideia. Embora tenha de admitir que nosso diretor é um homem bom, até muito bom, muito inteligente, ainda assim ele tem certas opiniões... Claro que não é da conta dele, mas ainda assim, se quiser, posso falar com ele.

(*TCHEBUTIKIN pega um relógio de porcelana nas mãos e o examina.*)

VERSHININ

Fiquei tão sujo durante o incêndio que não me pareço com ninguém nessa terra. (*Pausa*) Ontem ouvi, casualmente, que querem transferir nossa brigada para algum lugar distante. Alguns disseram para a Polônia, outros, para Tchita.

TUZENBACH

Eu também ouvi. Bem, se for assim, a cidade vai ficar deserta.

IRINA

Nós também vamos embora!

TCHEBUTIKIN

(*Deixa cair o relógio, que se despedaça.*) Ficou em pedacinhos!

(*Pausa; todos estão aflitos e confusos.*)

KULIGUIN

(*Recolhendo os pedaços.*) Quebrar um objeto tão valioso... oh, Ivan Romanovitch, Ivan Romanovitch! Nota zero por seu mau comportamento!

IRINA

Esse relógio era de nossa mãe.

TCHEBUTIKIN

Talvez... de sua mãe, de sua mãe. Talvez eu não o tenha quebrado; só parece que quebrei. Talvez só pensemos que existimos, quando na verdade não existimos. Eu não sei de nada, ninguém sabe de nada. (*Na porta.*) O que estão olhando? Natasha tem um pequeno romance com Protopopov, e vocês nem veem... Ficam aí sentados e não veem nada, e Natasha tem um pequeno romance com Protopopov... (*Canta*) "Por favor, aceite essa tâmara..." (*Sai*)

VERSHININ

Sim. (*Ri*) Como tudo é realmente estranho! (*Pausa*) Quando o fogo começou, corri para casa; quando chego lá, vejo que a casa está inteira, ilesa e sem perigo, mas minhas duas filhas estão na porta só de roupa de baixo, a mãe não está, a multidão está agitada, cavalos e cachorros estão correndo de um lado para outro, e os rostos das meninas estão tão assustados, aterrorizados, suplicantes, e não sei o que mais. Senti um aperto no coração quando vi aqueles rostos. Meu Deus, pensei, o que essas meninas vão ter de aguentar se viverem muito! Agarrei-as e corri com elas, e continuei pensando numa coisa: o que elas terão ainda de enfrentar nesse mundo! (*Alarme de incêndio; pausa.*) Ao chegar aqui, encontro a mãe delas gritando e zangada. (*MASHA entra com um travesseiro e se senta no sofá.*) E quando minhas meninas estavam paradas na porta apenas com roupas íntimas e a rua estava vermelha de fogo, houve um barulho terrível, e pensei que algo do tipo costumava acontecer muitos anos atrás, quando um inimigo atacava repentinamente, saqueando e incendiando tudo pelo caminho... E, afinal, que diferença existe realmente entre o presente e o passado! E, bem mais adiante, talvez daqui a duzentos ou trezentos anos, as pessoas lembrarão de nossa vida presente com o mesmo medo e o mesmo desprezo, e todo o passado parecerá informe e sem graça, extremamente desagradável e estranho. Oh, de fato, que vida haverá, que vida! (*Ri*) Perdoem-me, estou filosofando mais uma vez. Por favor, permitam-me continuar. Tenho de filosofar, é o que sinto que devo fazer agora. (*Pausa*) Como se todos estivessem dormindo. Como dizia, que vida haverá! Imaginem só... Há apenas três pessoas como vocês na cidade agora, mas nas gerações futuras haverá mais e mais, sempre mais, e chegará o tempo em que tudo mudará e se tornará como sonhamos. Todos viverão como vocês, e então vocês também ficarão desatualizados; nascerão então outros melhores que vocês... (*Ri*) Sim, hoje estou excepcionalmente inspirado. Estou diabolicamente louco por viver... (*Canta*) "O poder do amor todas as idades conhecem, de seus assaltos surge um grande bem..." (*Ri*)

MASHA
Tram-tam-tam...

VERSHININ
Tam-tam...

MASHA
Tra-ra-rá?

VERSHININ
Tra-ta-tá. (*Ri*)

(*Entra FEDOTIK.*)

FEDOTIK
(*Dançando*) Queimou tudo, queimou tudo! Até o chão! (*Risos*)

IRINA
Não vejo nada de engraçado nisso. Queimou tudo mesmo?

FEDOTIK

(*Ri*) Tudo, tudo. Não restou absolutamente nada. A guitarra, as fotografias e toda minha correspondência, tudo queimou... Ia lhe dar de presente uma agenda, que também queimou.

(*SOLIONI entra.*)

IRINA

Não, você não pode vir aqui, Vassili Vassilevitch. Por favor, vá embora.

SOLIONI

Por que o barão pode vir aqui e eu não?

VERSHININ

Nós, de fato, devemos ir. Como está o incêndio?

SOLIONI

Dizem que está se extinguindo. Não, eu realmente não vejo por que o barão pode, e eu não. (*Perfuma as mãos.*)

VERSHININ

Tram-tam-tam.

MASHA

Tram-tam.

VERSHININ

(*Ri para SOLIONI.*) Vamos para a sala de jantar.

SOLIONI

Muito bem, vamos tomar nota. Se tentasse tirar isso a limpo, receio que haveria problemas. (*Olha para TUZENBACH.*) Lá, lá, lá... (*Sai com VERSHININ e FEDOTIK.*)

IRINA

Como Solioni cheirava a tabaco... (*Surpresa*) O barão está dormindo! Barão! Barão!

TUZENBACH

(*Acordando*) Estou cansado, devo dizer... A olaria... Não, não estou sonhando, estou falando sério. Vou começar a trabalhar em breve na olaria... Já fiz os contatos. (*Com ternura, para IRINA.*) A senhora está tão pálida, tão linda e charmosa... Sua palidez parece brilhar no ar escuro como se fosse uma luz... Está triste, descontente com a vida... Oh, venha comigo, vamos trabalhar juntos!

MASHA

Nicolai Lvovitch, vá embora daqui.

TUZENBACH

(*Ri*) A senhora está aqui? Não a vi. (*Beija a mão de IRINA.*) Adeus, eu vou... Antes a observava e me lembrei de que, alegre e vivaz, há muito tempo, no dia de sua santa, falava sobre a alegria de trabalhar... E como a vida me parecia feliz, então! O que é feito dela agora? (*Beija-lhe a mão.*) Está com lágrimas nos olhos. Vá deitar-se, já está amanhecendo... Se ao menos me fosse permitido dar minha vida pela senhora!

MASHA

Nicolai Lvovitch, vá embora! Que coisa sem graça!

TUZENBACH

Estou indo. (*Sai*)

MASHA

(*Deita-se*) Está dormindo, Fiodor?

KULIGUIN

Hein?

MASHA

Deveria ir para casa.

KULIGUIN

Minha querida Masha, minha querida Masha...

IRINA

Ela está cansada. Deveria deixá-la descansar, Fédia.

KULIGUIN

Já vou. Minha esposa é uma ótima, esplêndida... eu a amo, minha única...

MASHA

(Irritada) Amo, amas, amat, amamus, amatis, amant[13].

KULIGUIN

(Ri) Não, ela é realmente maravilhosa. Faz sete anos que sou marido dela e parece que me casei ontem. Palavra de honra! Não, a senhora é realmente uma mulher maravilhosa. Estou feliz, feliz, estou feliz!

MASHA

E eu estou entediada, entediada, estou entediada... (Senta-se) Mas não consigo tirar isso da cabeça... É simplesmente revoltante. Está me corroendo... não consigo ficar calada. Estou falando de Andrei... Ele hipotecou esta casa no Banco e a esposa dele ficou com todo o dinheiro; a casa não é só dele, mas de nós quatro! Ele deve reconhecer isso, se for um homem honrado.

KULIGUIN

Para quê, Masha? Andrei está endividado até o pescoço; bem, deixe-o fazer o que bem entender.

---

[13] A personagem conjuga o verbo latino *amare* (amar) no presente do indicativo, que corresponde ao português *amo, amas, ama, amamos, amais, amam*. (N.T.)

MASHA

De qualquer maneira, é revoltante. (*Deita-se*)

KULIGUIN

Nós dois não somos pobres. Trabalho, dou minhas aulas, dou aulas particulares... Sou um homem simples, honesto... *Omnia mea mecum porto*[14], como diziam os antigos.

MASHA

Não quero nada, mas a deslealdade me revolta. (*Pausa*) Vá, Fiodor.

KULIGUIN

(*Beija-a*) Está cansada, descanse meia hora, e eu vou me sentar e aguardar... Durma... (*Indo*) Estou feliz, feliz, estou feliz. (*Sai*)

IRINA

Sim, realmente, nosso Andrei mudou muito, se apequenou e envelheceu ao lado dessa mulher! Ele pretendia ser professor e ontem se gabava de que finalmente havia sido nomeado membro do Conselho distrital. Ele é membro e Protopopov é presidente... Toda a cidade fala e ri disso, e só ele não sabe e não vê nada... E agora, quando todos acorreram para ver o incêndio se alastrando, ele ficou sozinho, sentado no quarto, sem dar a mínima atenção e tocando violino. (*Nervosa*) Ah, é horrível, horrível, horrível. (*Chora*) Não aguento, não aguento mais!... Não aguento, não aguento!... (*OLGA entra e arruma a mesa. IRINA está soluçando alto.*) Ponham-me para fora, ponham-me na rua, não aguento mais!

OLGA

(*Assustada*) O que é, o que foi, querida?

IRINA

---

14 Ditado latino que significa: "Carrego comigo todas as minhas coisas". (N.T.)

(*Soluçando*) Onde? Onde tudo foi parar? Onde está tudo? Oh, meu Deus, meu Deus! Esqueci tudo, tudo... não me lembro qual é a palavra italiana para dizer janela ou para dizer teto... esqueço tudo, cada dia esqueço mais, e a vida passa e nunca mais volta, e nós nunca iremos para Moscou... Vejo que nunca iremos...

OLGA
Querida, querida...

IRINA
(*Controlando-se*) **Ah, como sou infeliz**... não consigo trabalhar, não vou trabalhar. Chega, chega! Eu era telegrafista, agora trabalho na prefeitura e não tenho nada além de ódio e desprezo por tudo o que me dão para fazer... Já tenho 23 anos, já estou no trabalho há muito tempo, mas meu cérebro secou, emagreci, fiquei mais feia, mais velha, e não há nenhum tipo de alívio; o tempo passa e parece que estou me afastando da verdadeira e bela vida, cada vez mais longe, em direção a um precipício. Estou desesperada e não consigo entender como ainda estou viva, como ainda não acabei com minha vida.

OLGA
Não chore, querida, não chore... Eu também sofro.

IRINA
Não estou chorando, não estou chorando... Chega... Olha, não estou mais chorando. Chega... chega!

OLGA
Querida, digo-lhe como irmã e amiga, se aceitar meu conselho, case-se com o barão. (*IRINA chora baixinho.*) Você o respeita, você o tem em alta estima... É verdade que não é bonito, mas é tão honrado e digno... as pessoas não se casam por amor, mas para cumprir uma obrigação. De qualquer maneira, é o que penso e me

casaria sem estar apaixonada. Haveria de me casar com qualquer um, desde que fosse um homem decente. Mesmo que fosse velho...

IRINA

Eu sempre estive esperando que, ao nos estabelecermos em Moscou, lá eu encontraria meu verdadeiro amor; e costumava pensar nele, e amá-lo... Mas tudo acabou se tornando bobagem, tudo bobagem...

OLGA

(*Abraça a irmã.*) Minha querida e linda irmã, entendo tudo; quando o barão Nicolai Lvovitch deixou o exército e veio nos visitar em trajes civis, ele me pareceu tão feio, que até comecei a chorar... Ele me perguntou: "Por que está chorando?" O que podia lhe responder? Mas, se Deus o trouxe para que se case com ele, vou ficar muito feliz. Pois isso seria diferente, bem diferente.

(*NATASHA, com uma vela na mão, atravessa o palco da direita para a esquerda sem dizer nada.*)

MASHA

(*Sentando-se.*) Ela caminha como se tivesse posto fogo em alguma coisa.

OLGA

Masha, como você é tola, é a mais boba da família. Por favor, perdoe-me por dizer isso. (*Pausa*)

MASHA

Preciso fazer uma confissão, queridas irmãs. Minha alma está inquieta. Vou confessar a vocês e para mais ninguém... Vou lhes dizer logo. (*Em voz baixa.*) É meu segredo, mas vocês têm de saber... Não posso mais me calar... (*Pausa*) Eu amo, estou apaixonada... Eu amo esse homem... Vocês o viram agora há pouco. ... Sim, vou dizê-lo... enfim. Eu amo Vershinin.

OLGA

(*Vai para trás do biombo.*) **Pare com isso, seja como for, nem quero ouvir.**

MASHA

O que devo fazer? (*Apoia a cabeça nas mãos.*) **De início, ele me parecia estranho, depois tive pena dele... depois me apaixonei por ele... me apaixonei por sua voz, suas palavras, seus infortúnios, por suas duas filhas.**

OLGA

(*Atrás do biombo.*) **Não estou escutando nada. Pode falar a bobagem que quiser, dá na mesma, eu não vou ouvir.**

MASHA

Oh, Olga, você é tola. Estou apaixonada... isso significa que esse será meu destino. Significa que esse é meu destino... E ele me ama... Isso é terrível. Sim; não é bom, não é? (*Pega a mão de IRINA e a puxa para si.*) **Oh, minha querida... Como vamos viver nossas vidas, o que será de nós... Quando se lê um romance, tudo parece tão antigo e fácil, mas quando você se apaixona, então percebe que ninguém sabe de nada, e cada um deve decidir por si... Minhas queridas, minhas irmãs... Eu confessei, mas ficarei calada... Como os lunáticos da história de Gogol, vou ficar em silêncio... em silêncio...**

(*ANDREI entra, seguido por FERAPONT.*)

ANDREI

(*Irritado*) **O que você quer? Não entendo.**

FERAPONT

(*Na porta, impaciente.*) **Já lhe disse dez vezes, Andrei Sergueievitch.**

ANDREI

Em primeiro lugar, não sou Andrei Sergueievitch, mas *senhor*.

FERAPONT

Os bombeiros, senhor, perguntam se podem passar por seu jardim para chegar até o rio. Caso contrário, teriam de dar muitas voltas e seria um transtorno.

ANDREI

Tudo bem. Diga-lhes que podem passar. (*FERAPONT sai.*) Estou cansado de tudo. Onde está Olga? (*OLGA sai de trás do biombo.*) Vim para lhe pedir a chave do armário. Perdi a minha. Você tem uma chave pequena. (*OLGA lhe dá a chave; IRINA vai para trás do biombo; pausa.*) Que incêndio enorme! Agora começou a diminuir. Com os diabos, esse Ferapont me deixou tão irritado que acabei falando besteira para ele... Senhor, de fato... (*Pausa*) Por que está tão calada, Olga? (*Pausa*) Está na hora de parar com bobagens e se comportar de modo adequado... Você está aqui, Masha. Irina também está; muito bem, visto que estamos todos aqui, vamos tentar chegar a um entendimento, de uma vez por todas. O que vocês têm contra mim? O que há?

OLGA

Por favor, meu caro Andrei. Conversaremos amanhã. (*Nervosa*) Que noite horrível!

ANDREI

(*Muito confuso.*) Não fique nervosa. Pergunto-lhes, com toda a calma; o que têm contra mim? Digam-me com toda a clareza.

A *VOZ DE VERSHININ*

Tram-tam-tam!

MASHA

(*De pé, em voz alta.*) **Tra-ta-tá!** (*Para OLGA*) **Adeus, Olga, Deus a abençoe.** (*Vai para trás do biombo e beija IRINA.*) **Durma bem...**

Adeus, Andrei. Vá embora agora, elas estão cansadas... amanhã, poderá falar quanto e o que quiser... (*Sai*)

ANDREI

Só quero dizer isso e vou embora, agora mesmo... Em primeiro lugar, vocês têm algo contra Natasha, minha esposa. Percebi isso desde o dia de meu casamento. Natasha é uma pessoa bonita e honesta, franca e honrada... essa é minha opinião. Eu amo e respeito minha esposa; eu a respeito e exijo que os outros a respeitem também. Repito, ela é uma pessoa honesta e honrada, e toda desaprovação de vocês é simplesmente ridícula... (*Pausa*) Em segundo lugar, parece que estão aborrecidas porque não sou professor universitário e porque não continuo estudando. Mas eu trabalho na prefeitura, sou membro do Conselho distrital e considero meu trabalho tão digno e tão elevado quanto se estivesse a serviço da ciência. Sou membro do Conselho distrital e tenho orgulho disso, se quiserem saber. (*Pausa*) Em terceiro lugar, tenho ainda a dizer... que hipotequei a casa sem a permissão de vocês... Sinto-me culpado por isso e peço perdão. Minhas dívidas me levaram a fazer isso... 35 mil... eu não jogo mais cartas, parei há muito tempo, mas o principal que tenho a dizer em minha defesa é que vocês, por serem mulheres, recebem uma pensão, e eu não... meu salário, por assim dizer... (*Pausa*)

KULIGUIN

(*Na porta.*) Masha está aí? (*Inquieto*) Onde ela está? É estranho... (*Sai*)

ANDREI

Elas não me ouvem. Natasha é uma pessoa esplêndida e honesta. (*Anda em silêncio, depois para.*) Quando me casei, pensei que deveríamos ser felizes... todos nós... Mas, meu Deus... (*Chora*) Minhas queridas, queridas irmãs, não acreditem em mim, não acredite em mim... (*Sai*)

(Alarme de incêndio. O palco está vazio.)

IRINA

(Atrás do biombo.) Olga, quem está batendo no chão?

OLGA

É o dr. Ivan Romanovitch. Está bêbado.

IRINA

Que noite agitada! *(Pausa)* Olga! *(Olha para fora.)* Você ouviu? Estão tirando a brigada daqui; será transferida para algum lugar distante.

OLGA

É apenas um boato.

IRINA

Então ficaremos sozinhas... Olga!

OLGA

O que há?

IRINA

Minha querida, querida irmã, eu estimo, dou muito valor ao barão, é um homem esplêndido; vou me casar com ele, vou consentir, mas vamos para Moscou! Eu imploro, vamos! Não há nada melhor do que Moscou na terra! Vamos, Olga, vamos!

(Cai o pano.)

QUARTO ATO

(*O velho jardim da casa dos PROZOROV. Há uma longa avenida de abetos, no fim da qual se avista o rio. Há um bosque do outro lado do rio. À direita está o terraço da casa: garrafas e copos estão sobre uma mesa, indicando que se acabou de tomar champanhe. É meio-dia. De vez em quando, os transeuntes atravessam o jardim, indo apressados para o rio; cinco soldados passam rapidamente. TCHEBUTIKIN, de bom humor, que não o abandona durante todo o ato, está sentado numa poltrona no jardim, esperando ser convidado a entrar. Está de quepe e com um bastão. IRINA, KULIGUIN, de bigode raspado, ostenta uma condecoração no peito, e TUZENBACH estão de pé no terraço, vendo FEDOTIK e RODE, que descem para o jardim; os dois oficiais estão de uniforme.*)

TUZENBACH

(*Troca beijos com FEDOTIK.*) Você é um bom sujeito, sempre nos demos tão bem juntos. (*Troca beijos com RODE.*) Mais uma vez... Adeus, meu velho!

IRINA

Até logo!

FEDOTIK

Não é até logo, é adeus; nunca mais nos encontraremos!

KULIGUIN

Quem sabe! (*Enxuga os olhos; sorri.*) Ora, veja só, já começo a chorar!

IRINA

Haveremos de nos encontrar algum dia.

FEDOTIK

Daqui a dez ou quinze anos? Dificilmente nos reconheceremos, então; diremos "Como vai você?" friamente... (*Tira uma foto.*) Quietos... Mais uma última.

RODE

(*Abraçando TUZENBACH.*) Não vamos nos encontrar novamente... (*Beija a mão de IRINA.*) Obrigado por tudo, por tudo!

FEDOTIK

(*Aflito*) Não tenha tanta pressa!

TUZENBACH

Vamos nos encontrar novamente, se Deus quiser. Escrevam. Não deixem de escrever.

RODE

(*Olhando em volta do jardim.*) Adeus, árvores! (*Grita*) Hu-hu! (*Pausa*) Adeus, eco!

KULIGUIN

Muitas felicidades. Vão e se casem lá na Polônia... Suas esposas polonesas vão abraçá-los e chamá-los de *kochanku* (queridos)! (*Ri*)

FEDOTIK

(*Olhando a hora.*) Falta menos de uma hora. Solioni é o único de nossa brigada que vai de navio; nós iremos com nosso destacamento.

Hoje partirão três destacamentos, outros três amanhã e então a cidade vai ficar silenciosa e tranquila.

TUZENBACH
E terrivelmente maçante.

RODE
E onde está Maria Sergueievna?

KULIGUIN
Masha está no jardim.

FEDOTIK
Gostaria de me despedir dela.

RODE
Adeus, tenho de ir, senão começo a chorar... (*Abraça rapidamente KULIGUIN e TUZENBACH e beija a mão de IRINA.*) Fomos tão felizes aqui...

FEDOTIK
(*Para KULIGUIN*) Aqui está uma lembrança para você... uma caderneta com um lápis... Daqui vamos ao rio... (*Afastam-se e olham em volta.*)

RODE
(*Grita*) Hu-hu!

KULIGUIN
(*Grita*) Adeus!

(*No fundo do palco FEDOTIK e RODE encontram MASHA; despedem-se e saem com ela.*)

IRINA
Partiram... (*Senta-se no último degrau do terraço.*)

TCHEBUTIKIN
E se esqueceram de se despedir de mim.

IRINA
Mas por quê?

TCHEBUTIKIN
De certa forma, eu também esqueci. Logo os verei de novo, pois vou amanhã. Sim... só falta um dia. Dentro de um ano estarei aposentado e então vou voltar para cá e pretendo passar o resto de minha vida perto de vocês. Falta apenas um ano para me aposentar... (*Põe um jornal no bolso e tira outro.*) Vou voltar para junto de vocês e vou mudar minha vida radicalmente... Quero ser um homem tranquilo... agradável, respeitável...

IRINA
Sim, deve mudar de vida, caro doutor, de uma forma ou de outra.

CHEBUTYKIN
Sim, eu também sinto isso. (*Canta baixinho.*) "Tarará-tchim-bum..."

KULIGUIN
Não conseguiremos corrigir esse Ivan Romanovitch! Não vamos corrigi-lo!

TCHEBUTIKIN
Se fosse seu aprendiz, logo me corrigiria.

IRINA
Fiodor raspou o bigode! Não suporto olhar para ele.

KULIGUIN
Bem, e por quê?

TCHEBUTIKIN
Eu poderia dizer com que se parece o rosto dele agora, mas não seria educado.

KULIGUIN

Bem, é o costume, é o *modus vivendi*. Nosso diretor não usa barba nem bigode, então eu também tirei o bigode quando me tornei inspetor. Ninguém gosta, mas para mim tanto faz. Estou satisfeito. Se tenho bigode ou não, estou satisfeito... (*Senta-se*)

(*No fundo do palco, ANDREI está empurrando um carrinho em que o bebê dorme.*)

IRINA

Ivan Romanovitch, meu querido, estou terrivelmente preocupada. Ontem à noite, o senhor estava na avenida, conte-me, o que aconteceu?

TCHEBUTIKIN

O que aconteceu? Nada. Coisa bem insignificante. (*Lê o jornal.*) Sem importância!

KULIGUIN

Dizem que Solioni e o barão se encontraram ontem na avenida, perto do teatro...

TUZENBACH

Pare! Que direito... (*Abana com as mãos e entra na casa.*)

KULIGUIN

Perto do teatro... Solioni começou a se comportar de forma ofensiva com o barão, que perdeu a paciência e lhe disse algo desagradável...

TCHEBUTIKIN

Não sei de nada. É tudo palavrório.

KULIGUIN

Conta-se que, num seminário, o professor escreveu "palavrório" na redação de um aluno e este leu "palancarius" (carregador), pensando tratar-se de palavra latina. (*Ri*) Muito engraçado! Dizem que Solioni está apaixonado por Irina e odeia o barão... Isso é muito natural. Irina é uma moça muito bonita. Ela se parece com Masha, é tão atenciosa... Só que, Irina, seu caráter é mais acessível, embora o caráter de Masha também seja muito bom. Gosto demais de Masha. (*Gritos de "hu-hu!", vindos de trás do palco.*)

IRINA

(*Estremecendo*) Tudo me assusta, hoje. (*Pausa*) Tenho tudo pronto e à tarde, depois do almoço, despacho minhas bagagens. O barão e eu vamos nos casar amanhã e amanhã mesmo vamos para a olaria; e no dia seguinte vou para a escola dar aula e a nova vida começa. Deus vai me ajudar! Quando me diplomei professora, chorei de alegria e gratidão... (*Pausa*) Daqui a pouco chega o carroceiro para levar minhas coisas...

KULIGUIN

De uma forma ou de outra, tudo isso não parece nada sério. Tudo não passa de ideias e nada realmente sério. Ainda assim, de todo o coração, desejo-lhe felicidade.

TCHEBUTIKIN

(*Com profundo sentimento*) Minha esplêndida... minha querida e preciosa menina... Foi para muito longe à frente, não vou mais alcançá-la. Fiquei para trás como um pássaro migrante envelhecido e que já não consegue mais voar. Voe, minha querida, voe, e Deus a acompanhe! (*Pausa*) É uma pena que tenha raspado o bigode, Fiodor Ilitch.

KULIGUIN

Ah, deixe disso! (*Suspira*) Hoje os soldados vão embora e tudo continuará como antes. Digam o que quiserem, Masha é uma mulher boa e honesta. Eu a amo muito e agradeço ao destino por ela. As pessoas têm destinos tão diferentes! Há certo Kosirev que trabalha no departamento de impostos. Éramos colegas na escola; ele foi expulso na quinta série por ser totalmente incapaz de entender a expressão latina *ut consecutivum*. Está muito mal agora e com a saúde precária; quando o encontro, sempre o cumprimento, dizendo: "Como vai, *ut consecutivum*?" E ele responde: "Sim, precisamente *consecutivum*" e tosse. Mas tive sucesso a vida toda, sou feliz, e tenho até o prêmio da Cruz de Stanislav; e agora eu mesmo ensino aos outros *ut consecutivum*. Claro, sou um homem inteligente, mais inteligente que muitos, mas a felicidade não reside somente nisso...

(*Dentro de casa, alguém toca ao piano a* Oração de uma donzela[15].)

IRINA

Amanhã à noite não ouvirei mais aquela "*Oração de uma donzela*" e não encontrarei Protopopov... (*Pausa*) Protopopov está sentado ali na sala de visitas; ele veio hoje...

KULIGUIN

A diretora ainda não veio?

IRINA

Não. Já mandei chamá-la. Se você soubesse como é difícil para mim viver sozinha, sem Olga... Ela vive no Colégio o dia todo, ocupada, como diretora, com seus afazeres, e eu fico aqui, sozinha, entediada, sem nada para fazer, e odeio o quarto que ocupo...

---

15 Peça musical para piano de Tekla Badarzewska-Baranowska (1834-1861), compositor polonês, intitulada *Modlitwa dzievicy*; o título foi traduzido para o inglês *A Maiden's Prayer*, e para o francês *La prière d'une vierge*. (N.T.)

Já decidi: se não posso viver em Moscou, então devo me resignar a isso. É o destino. Não se pode evitar. É tudo vontade de Deus, essa é a verdade. Nicolai Lvovitch me fez uma proposta de casamento... Bem? Pensei a respeito e me decidi. Ele é um homem bom... é impressionante como é bom... E de repente minha alma criou asas, fiquei feliz, e de coração leve, e mais uma vez a vontade de trabalhar, trabalhar, tomou conta de mim... Só que ontem aconteceu alguma coisa e um medo secreto paira sobre mim...

TCHEBUTIKIN

Bobagem.

NATASHA

(*Na janela.*) A diretora!

KULIGUIN

A diretora chegou. Vamos lá. (*Entra na casa com IRINA.*)

CHEBUTYKIN

"É meu dia de lavar... Tarará-tchim-bum."

(*MASHA se aproxima; no fundo, ANDREI está empurrando um carrinho de bebê.*)

MASHA

Aqui sentado, sem fazer nada.

TCHEBUTIKIN

E o que tem isso?

MASHA

(*Senta-se*) Nada... (*Pausa*) Amava minha mãe?

TCHEBUTIKIN

Muito.

MASHA

E ela o amava?

TCHEBUTIKIN

(*Depois de uma pausa.*) Não me lembro.

MASHA

"Meu homem" está aqui? Quando nossa cozinheira Martha perguntava por seu policial, costumava dizer "meu homem". Ele está aqui?

TCHEBUTIKIN

Ainda não.

MASHA

Quando alguém conquista a felicidade aos poucos, às migalhas, e depois a perde, como eu, acaba se tornando mais grosseiro, mais amargo. (*Aponta para o peito dela.*) Estou fervendo aqui dentro... (*Olha para ANDREI com o carrinho de bebê.*) Lá está nosso irmão Andrei... Todas as nossas esperanças nele se foram. Certa vez, havia um grande sino; mil pessoas o estavam içando; muito dinheiro e trabalho haviam sido gastos nele quando, de súbito, caiu e se despedaçou. De repente, sem qualquer motivo razoável... Pois assim é Andrei...

ANDREI

Quando é que vão parar de fazer tanto barulho dentro de casa? É horrível.

TCHEBUTIKIN

Não vai demorar. (*Olha o relógio.*) Meu relógio é muito antiquado, bate as horas... (*Dá corda no relógio e o faz bater.*) A primeira, segunda e quinta baterias devem sair exatamente à 1 hora. (*Pausa*) E eu vou amanhã.

ANDREI

Para sempre?

TCHEBUTIKIN

Não sei. Talvez eu volte dentro de um ano. Só o diabo sabe... tanto faz.. (*De algum lugar chega o som de uma harpa e de um violino.*)

ANDREI

A cidade vai ficar vazia. Será como se colocassem sobre ela uma tampa. (*Pausa*) Algo aconteceu ontem no teatro. A cidade inteira sabe disso, só eu é que não sei.

TCHEBUTIKIN

Nada demais. Uma coisa boba. Solioni começou a irritar o barão, que perdeu a paciência e o insultou, e então, finalmente, Solioni teve de desafiá-lo para um duelo. (*Olha o relógio.*) Já está na hora, eu acho... Ao meio-dia e meia, no bosque público, que pode ser visto daqui do outro lado do rio... Pif-paf. (*Ri*) Solioni pensa que é Lermontov e até escreve versos. Está tudo bem, mas esse é seu terceiro duelo.

MASHA

De quem?

TCHEBUTIKIN

De Solioni.

MASHA

E o barão?

TCHEBUTIKIN

O que há com o barão? (*Pausa*)

MASHA

Tudo está confuso em minha cabeça... Mas quero dizer que não deveria ser permitido. Ele poderia ferir o barão ou até matá-lo.

TCHEBUTIKIN

O barão é um homem bom, mas um Barão a mais ou um a menos... que diferença faz? Dá tudo na mesma! (*Além do jardim alguém grita "Ei! Ei!"*) Espere. É Skvortsov gritando; um dos padrinhos. Está num barco. (*Pausa*)

ANDREI

A meu ver, é simplesmente imoral lutar em duelo, ou estar presente, mesmo na qualidade de médico.

TCHEBUTIKIN

É só aparência... Não existimos, nada existe na terra, não existimos realmente, só parece que existimos. E isso, por acaso, tem alguma importância?

MASHA

Fala e fala o dia inteiro. (*Andando*) Vive num clima desses, onde pode nevar a qualquer momento, e então começa a falar... (*Para*) Não vou entrar na casa, não posso... Avisem-me quando Vershinin chegar... (*Vai pela avenida.*) As aves migratórias já estão voando... (*Olha para cima.*) Cisnes ou gansos... Meus queridos, voem, felizardos... (*Sai*)

ANDREI

Nossa casa vai ficar vazia. Os oficiais vão embora, o senhor vai, minha irmã vai se casar, e eu vou ficar sozinho nesta casa.

TCHEBUTIKIN

E sua esposa?

(*FERAPONT entra com alguns documentos.*)

ANDREI

Esposa é esposa. Ela é honesta, bem-educada, sim; e gentil, mas com tudo isso ainda há algo nela que a degenera num animal mesquinho, cego, até mesmo, em alguns aspectos, disforme. De qualquer modo, ela não é um homem. Digo-lhe isso como a um amigo, como ao único homem a quem posso desnudar minha alma. Eu amo Natasha, é verdade, mas às vezes ela parece assustadoramente vulgar, e então eu me perco e não consigo entender por que a amo tanto, ou, pelo menos, a amei um dia...

TCHEBUTIKIN

(*Levanta-se*) Estou indo embora amanhã, meu velho, e talvez nunca mais nos encontremos, então aqui vai meu conselho. Ponha o gorro, tome um bastão e vá embora. Vá andando, andando, sem olhar para trás. E quanto mais longe for, tanto melhor.

(*SOLIONI atravessa o fundo do palco com dois oficiais; avista TCHEBUTIKIN e se aproxima dele; os oficiais continuam.*)

SOLIONI

Doutor, está na hora. Já são 12h30. (*Aperta a mão de ANDREI.*)

TCHEBUTIKIN

Meio minuto. Estou cansado de muitos de vocês. (*Para ANDREI*) Se alguém perguntar por mim, diga que volto em breve... (*Suspira*) Oh, oh, oh!

SOLIONI

"Ele não teve tempo de suspirar. O urso saltou pesadamente sobre ele." (*Vai até ele.*) Por que está resmungando, velho?

TCHEBUTIKIN

Pare!

SOLIONI

Como está sua saúde?

TCHEBUTIKIN

(*Irritado*) Cuide de sua vida.

SOLIONI

O velho está agitado sem motivo. Não vou machucá-lo muito, só vou derrubá-lo como uma perdiz. (*Pega seu frasco de perfume e borrifa as mãos.*) Derramei quase o frasco inteiro nas mãos e ainda cheiram... a defunto. (*Pausa*) Sim... Lembra-se desses versos do poema?

"Mas ele, o rebelde procura a tempestade,

Como se a tempestade lhe trouxesse descanso..."

TCHEBUTIKIN

Sim.

"Ele não teve tempo de suspirar,

O urso saltou pesadamente sobre ele."

(*Sai com SOLIONI.*)

(*Ouvem-se gritos; entram ANDREI e FERAPONT.*)

FERAPONT

Documentos para assinar...

ANDREI

(*Irritado*) Vá embora! Deixe-me! Por favor! (*Vai embora com o carrinho.*)

FERAPONT

Os papéis existem para serem assinados. (*Retira-se para o fundo do palco.*)

(*Entra IRINA, com TUZENBACH, de chapéu de palha; KULIGUIN atravessa o palco gritando "Olá, Masha, olá!"*)

TUZENBACH

Parece que ele é o único homem na cidade que está feliz por que os soldados vão embora.

IRINA

É compreensível. (*Pausa*) A cidade vai ficar vazia.

TUZENBACH

Minha querida, voltarei logo.

IRINA

Para onde vai?

TUZENBACH

Tenho de ir à cidade e depois... despedir-me dos companheiros.

IRINA

Não é verdade... Nicolai, por que está tão distraído hoje? (*Pausa*) O que aconteceu no teatro ontem?

TUZENBACH

(*Com um gesto de impaciência.*) Dentro de uma hora voltarei e estarei com você novamente. (*Beija-lhe as mãos.*) Minha querida... (*Olhando-a bem no rosto.*) faz cinco anos que me apaixonei por você, e ainda não consigo me acostumar com isso, e você me parece cada vez mais bonita. Que cabelos lindos e maravilhosos! Que olhos! Vou levá-la daqui amanhã, trabalharemos, seremos ricos, meus sonhos se tornarão realidade. Você será feliz. Há apenas uma coisa, apenas uma coisa: você não me ama!

IRINA

Isso não depende de mim! Serei sua esposa, serei fiel e obediente, mas não estou apaixonada. O que posso fazer! (*Chora*) Nunca me apaixonei em minha vida. Oh, eu só sonhava com o amor, sonhei com ele tanto tempo, dia e noite, mas minha alma é como um piano caro que está trancado, cuja chave foi perdida. (*Pausa*) Você parece tão infeliz.

TUZENBACH

Não dormi à noite. Não há nada em minha vida de tão terrível que possa me preocupar tanto, como aquela chave perdida que atormenta minha alma e não me deixa dormir. Diga alguma coisa. (*Pausa*) Diga-me alguma coisa!

IRINA

O que posso dizer, o quê?

TUZENBACH

Qualquer coisa.

IRINA

Não! Não! (*Pausa*)

TUZENBACH

É curioso como pequenas coisas bobas e triviais, às vezes sem motivo aparente, se tornam significativas. No começo, a gente ri dessas coisas, acha que não têm importância, continua andando e parece que não tem forças para se conter. Ah, não vamos falar disso! Estou feliz. É como se, pela primeira vez em minha vida, eu visse esses pinheiros, bordos, faias, e todos eles me olham com curiosidade e esperam. Que belas árvores e quão bela, quando se pensa nisso, a vida deve ser perto delas! (*Um grito ao longe.*)

Tenho de ir... Há uma árvore que secou, mas ainda balança na brisa com as outras. E assim me parece que, se eu morrer, ainda participarei da vida de uma forma ou de outra. Adeus, querida... (*Beija-lhe as mãos.*) Os papéis que me deu estão sobre a mesa, embaixo do calendário.

IRINA

Vou com você.

TUZENBACH

(*Nervoso*) **Não, não!** (*Sai rápido e para na avenida.*) **Irina!**

IRINA

O quê?

TUZENBACH

(*Sem saber o que dizer.*) **Não tomei café hoje. Peça que o preparam...** (*Sai rapidamente.*)

(*IRINA fica pensativa. Então vai para o fundo do palco e se senta num balanço. ANDREI entra com o carrinho e FERAPONT também aparece.*)

FERAPONT

Andrei Sergueievitch, esses documentos não são meus, são do governo. Não os inventei.

ANDREI

Oh, o que aconteceu com o meu passado, onde está? Eu era jovem, feliz, inteligente, costumava pensar e formular ideias inteligentes, o presente e o futuro me pareciam cheios de esperança. Por que nós, quase antes de começarmos a viver, nos tornamos enfadonhos, grisalhos, desinteressantes, preguiçosos, apáticos, inúteis, infelizes... Essa cidade já existe há duzentos anos e tem cem mil habitantes;

não há um só que, de alguma forma, seja diferente dos outros. Nunca houve, agora ou em qualquer outro momento, um único herói, um único estudioso, um artista, um homem de destaque que pudesse despertar inveja ou um desejo apaixonado de imitá-lo. Limitam-se todos a comer, beber, dormir e depois morrer... mais pessoas nascem e também comem, bebem, dormem, e para não enlouquecer de tédio, tentam diversificar a vida, dedicando-se a mexericos bestas, a vodca, cartas e litígios. As esposas enganam os maridos e os maridos mentem e fingem que não veem nada e não ouvem nada, e a influência maligna irresistivelmente arruína os filhos e a centelha divina neles se extingue, tornando-se eles tão lamentáveis cadáveres e tão parecidos entre si, como seus pais... (*Para FERAPONT, irritado.*) O que você quer?

FERAPONT

O quê? Os documentos precisam da assinatura.

ANDREI

Estou cansado de você.

FERAPONT

(*Entregando-lhe papéis.*) O porteiro do tribunal estava dizendo agora há pouco que no inverno fez 200 graus abaixo de zero em Petersburgo.

ANDREI

O presente é repulsivo, mas quando penso no futuro, como é bom! Eu me sinto tão leve, tão livre; há uma luz ao longe, vejo a liberdade. Vejo-me a mim e a meus filhos libertando-nos das vaidades, da ociosidade, do ganso assado com repolho, da sesta depois do almoço, da odiosa falta do que fazer...

FERAPONT

Disse que mais 2 mil pessoas ficaram congeladas. Todos estavam apavorados. Em Petersburgo ou em Moscou, não me lembro.

ANDREI

(*Comovido*) Minhas queridas irmãs, minhas lindas irmãs! (*Chorando*) Masha, minha irmã...

NATASHA

(*Na janela.*) Quem está falando tão alto? É você, Andrei? Vai acordar a pequena Sophie. *Il ne faut pas faire du bruit, la Sophie est dormée déjà. Vous êtes un ours*[16]. (*Irritada*) Se quer gritar, então dê o carrinho e o bebê para outra pessoa. Ferapont, tome o carrinho!

FERAPONT

Sim, senhora. (*Pega o carrinho de bebê.*)

ANDREI

(*Confuso*) Estou falando baixinho.

NATASHA

(*Na janela, amamentando o filho.*) Bobik! Bobik impertinente! Seu malandrinho!

ANDREI

(*Olhando os papéis.*) Tudo bem, vou examiná-los e assinar, se necessário, e depois pode levá-los de volta ao escritório...

(*Entra em casa lendo os papéis; FERAPONT leva o carrinho para os fundos do jardim.*)

---

16 Frase em francês, no original: *Não se deve fazer barulho; Sophie está dormindo. Você é um urso.* (N.T.)

NATASHA

(*Na janela.*) Bobik, qual é o nome de sua mãe? Querido, querido! E quem é essa? É a tia Olga. Diga à tia: "Como vai, Olga?"

(*Dois músicos ambulantes, um homem e uma menina, estão tocando violino e harpa. VERSHININ, OLGA e ANFISSA saem da casa e ouvem por um minuto em silêncio; IRINA se aproxima.*)

OLGA

Nosso jardim parece uma via pública, pelo modo como as pessoas caminham e passam por ele. Babá, dê algo a esses músicos!

ANFISSA

(*Dá dinheiro aos músicos.*) Sigam seu caminho, com a bênção de Deus. (*Os músicos fazem uma inclinação e vão embora.*) Um triste tipo de gente. Não saem tocando por aí de estômago cheio. (*Para IRINA*) Como vai, Arisha? (*Beija-a.*) Bem, menina, aqui estou eu, ainda viva! Ainda viva! No Colégio, junto com a pequena Olga, em seus aposentos oficiais... assim o Senhor premiou minha velhice. Mulher pecadora que sou, nunca vivi assim na vida... Um grande apartamento, propriedade do Estado, e tenho um quarto inteiro e uma cama só para mim. Tudo é propriedade do Estado. Acordo no meio da noite e, oh, Deus e Santa Mãe, não há pessoa mais feliz do que eu!

VERSHININ

(*Olha para o relógio.*) Vamos logo, Olga Sergueievna! Tenho de ir. (*Pausa*) Desejo-lhe tudo... tudo... Onde está Maria Sergueievna?

IRINA

Está em algum lugar no jardim. Vou procurá-la.

VERSHININ

Se for tão gentil. Estou com pressa.

ANFISSA

Eu vou procurá-la também. (*Grita*) Pequena Masha! (*Sai com IRINA para o jardim.*) Masha! Ôo!

VERSHININ

Tudo tem seu fim. E assim nós também devemos nos separar. (*Olha para o relógio.*) A cidade nos deu uma espécie de café da manhã de despedida, bebemos champanhe e o prefeito fez um discurso, e eu comi e escutei, mas minha alma estava aqui o tempo todo... (*Corre os olhos pelo jardim.*) Estava tão acostumado com este lugar!

OLGA

Vamos nos reencontrar um dia?

VERSHININ

Provavelmente não. (*Pausa*) Minha esposa e minhas duas filhas vão ficar aqui mais dois meses. Se algo acontecer, ou se algo tiver de ser feito...

OLGA

Sim, sim, claro. Não precisa se preocupar. (*Pausa*) Amanhã não restará um único soldado na cidade, tudo será uma lembrança e, claro, para nós uma nova vida começará... (*Pausa*) Nem tudo acontece como planejamos. Eu não queria ser diretora, mas acabei sendo, mesmo assim. Significa que não há chance de que eu vá a Moscou...

VERSHININ

Bem... obrigado por tudo. Perdoe-me se eu... falei tanto, até demais... perdoe-me por isso também, não me queira mal.

OLGA

(*Enxuga os olhos.*) Por que Masha não vem?...

VERSHININ

O que mais posso dizer como despedida? Posso filosofar sobre qualquer coisa? (*Ri*) A vida é dura. Para muitos de nós, parece maçante e sem esperança, mas, ainda assim, deve-se reconhecer que está ficando mais clara e parece que não está longe o momento em que ficará totalmente clara. (*Olha para o relógio.*) Está na hora de ir! A humanidade estava absorta em guerras, e toda a sua existência esteve repleta de campanhas, ataques, derrotas, agora sobrevivemos a tudo isso, deixando para trás um grande espaço vazio, que não há nada para preenchê-lo no momento; mas a humanidade está procurando algo, e certamente acabará por encontrar o que procura. Ah, se isso acontecesse mais rápido! (*Pausa*) Se ao menos a educação pudesse ser adicionada à indústria, e a indústria à educação. (*Olha para o relógio.*) Está na hora de ir...

OLGA

Ela está chegando.

(*Entra MASHA.*)

VERSHININ

Vim me despedir...

(*OLGA se afasta um pouco, para não atrapalhar.*)

MASHA

(*Olhando-o no rosto.*) **Adeus!** (*Beijo prolongado.*)

OLGA

Não, não. (*MASHA chora amargamente.*)

VERSHININ

Escreva-me... Não se esqueça! Deixe-me ir... Está na hora. Leve-a, Olga Serguéievna... está na hora... estou atrasado...

(*Ele beija a mão de OLGA com evidente emoção, depois abraça MASHA mais uma vez e sai rapidamente.*)

OLGA

Não chore, Masha! Pare, querida...

(*KULIGUIN entra.*)

KULIGUIN

(*Embaraçado.*) Não importa, deixe-a chorar, deixe-a... Minha querida Masha, minha boa Masha... Você é minha esposa, e eu estou feliz, aconteça o que acontecer... Não estou reclamando. Não a censuro de forma alguma... Olga é testemunha disso. Vamos começar a viver de novo como costumávamos e não lhe direi uma única palavra ou farei qualquer alusão...

MASHA

(*Contendo os soluços.*) "Há um carvalho verde à beira-mar,

E uma corrente de ouro brilhante está em torno dele...

E uma corrente de ouro brilhante está em torno dele..."

Estou enlouquecendo...

"Lá está... um carvalho verde... à beira-mar..."

OLGA

Não, Masha, calma!... Dê-lhe um pouco de água...

MASHA

Não choro mais...

KULIGUIN

Ela não chora mais... é uma boa... (*Ouve-se um tiro ao longe.*)

MASHA

"Há um carvalho verde à beira-mar,

E uma corrente de ouro brilhante está em torno dele...

Um carvalho de ouro verde..."

Estou misturando tudo... (*Bebe um pouco de água.*) A vida é chata... Não quero mais nada agora... Vou ficar bem num momento... Não importa... O que esses versos significam? Por que atormentam minha mente? Meus pensamentos estão todos emaranhados.

(*IRINA entra.*)

OLGA

Acalme-se, Masha. Seja uma boa menina... Vamos para dentro.

MASHA

(*Irritada*) Não vou entrar lá. (*Soluça, mas se controla logo.*) Não vou entrar na casa, não vou...

IRINA

Vamos sentar aqui, sem nada dizer. Vou embora amanhã... (*Pausa*)

KULIGUIN

Ontem tirei esses bigodes e essa barba postiça de um aluno da terceira classe... (*Coloca os bigodes e a barba.*) Não pareço o professor de alemão... (*Ri*) Não é? Os meninos são divertidos.

MASHA

Realmente se parece com aquele professor de alemão.

OLGA

(*Ri*) Sim.

(*MASHA chora.*)

IRINA

Não chore, Masha!

KULIGUIN

Mas é bem semelhante mesmo...

(*Entra NATASHA.*)

NATASHA

(*Para a criada*) Entendeu? Mihail Ivanitch Protopopov vai ficar com a pequena Sophie, e Andrei Sergueievitch vai levar o pequeno Bobik para passear. As crianças incomodam tanto... (*Para IRINA*) Irina, é uma pena que vá embora amanhã. Fique só mais uma semana. (*Vê KULIGUIN e grita; ele ri e tira a barba e os bigodes.*) Como me assustou! (*Para IRINA*) Eu me acostumei com você; e acha que será fácil para mim a separação? Vou transferir Andrei para seu quarto; ali poderá tocar violino quanto quiser!... E vamos colocar a pequena Sophie no quarto dele. Linda e adorável criança! Que menininha! Hoje ela olhou para mim com olhos tão bonitos e disse "Mamãe!"

KULIGUIN

Criança linda, sem dúvida.

NATASHA

Isso significa que amanhã estarei sozinha neste lugar. (*Suspira*) Em primeiro lugar, vou mandar cortar aquela avenida de abetos, depois aquele bordo. São tão feios à noite... (*Para IRINA*) Esse cinto não lhe cai bem, querida... Não é de bom gosto. E vou mandar plantar muitas e muitas flores aqui, flores muito perfumadas... (*Em tom severo.*) Por que há um garfo jogado aqui no banco? (*Indo em direção à casa, para a criada.*) Por que há um garfo jogado aí no banco? (*Grita*) Não se atreva a me responder!

KULIGUIN

Que temperamento! (*Tocam uma marcha na rua; todos ficam escutando.*)

OLGA
Estão indo embora.

(*TCHEBUTIKIN entra.*)

MASHA
Estão indo embora. Bem, bem... Boa viagem! (*Para o marido.*) Devemos ir para casa... Onde está meu casaco? E meu chapéu?

KULIGUIN
Eu os levei para dentro... Já os trago, num instante.

OLGA
Sim, agora podemos todos ir para casa. Está na hora.

TCHEBUTIKIN
Olga Sergueievna!

OLGA
O que é? (*Pausa*) O que é?

TCHEBUTIKIN
Nada... não sei como lhe dizer... (*Sussurra-lhe algo.*)

OLGA
(*Assustada*) Não pode ser verdade!

TCHEBUTIKIN
Sim... que história!... Estou cansado, exausto, não vou dizer mais nada... (*Triste*) Mesmo assim, tanto faz!

MASHA
O que aconteceu?

OLGA
(*Abraça IRINA.*) Que dia terrível o de hoje... Não sei como lhe dizer, querida...

IRINA

O que é? Digam-me depressa, o que é? Pelo amor de Deus! (*Chora*)

TCHEBUTIKIN

O barão acaba de morrer num duelo.

IRINA

(*Chora baixinho.*) Eu sabia, eu sabia...

TCHEBUTIKIN

(*Senta-se num banco no fundo do palco.*) Estou cansado... (*Tira um jornal do bolso.*) Que chorem... (*Canta baixinho.*) "Tarará-tchim-bum, é meu dia de lavar..." No fim de tudo, tanto faz!

(*As três irmãs, de pé, se abraçam.*)

MASHA

Oh, como a música toca! Estão nos deixando, um nos deixou completamente, completamente e para sempre. Permanecemos sozinhas, para recomeçar nossa vida. É preciso viver... temos de viver...

IRINA

(*Pousa a cabeça no peito de OLGA.*) Chegará um momento em que todos saberão por que, para quê, existe todo esse sofrimento, e não haverá mais mistérios. Mas agora temos de viver... temos de trabalhar, apenas trabalhar! Amanhã partirei sozinha para a escola, ensinarei e darei toda a minha vida a quem, talvez, precise. É outono agora, logo será inverno, a neve cobrirá tudo, e eu estarei trabalhando, trabalhando...

OLGA

(*Abraça as duas irmãs.*) As bandas estão tocando tão alegremente, tão corajosamente, que me dá ânsia de viver! Oh meu Deus! O tempo passará e partiremos para sempre, seremos esquecidas; esquecerão nossos rostos, vozes e até quantos havia de nós, mas nossos sofrimentos se transformarão em alegria para aqueles que viverão depois de nós; a felicidade e a paz reinarão na terra, e as pessoas se lembrarão com palavras gentis e abençoarão aqueles que estão vivendo agora. Oh, queridas irmãs, nossa vida ainda não acabou. Vamos viver. A música é tão alegre, tão alegre, e parece que daqui a pouco saberemos por que vivemos, por que sofremos... Se pudéssemos saber, se pudéssemos saber!

(*A música está ficando cada vez mais suave;* KULIGUIN, *sorrindo alegremente, traz o chapéu e o casaco;* ANDREI *puxa o carrinho em que* BOBIK *está sentado.*)

TCHEBUTIKIN

(*Canta baixinho.*) "Tara... rá-tchim-bum... É meu dia de lavar...". (*Lê um jornal.*) É tudo igual! Tanto faz!

OLGA

Se pudéssemos saber, se pudéssemos saber!

(*Cai o pano.*).

O JARDIM DAS CEREJEIRAS
COMÉDIA EM QUATRO ATOS

PERSONAGENS

LUBOV, dita **LIUBA**, ANDREIEVNA RANEVSKI, proprietária de terras;

ÂNIA, sua filha, de 17 anos;

VÁRIA (BÁRBARA), sua filha adotiva, de 27 anos;

GAIEV, LEONID ANDREIEVITCH, irmão de LIUBA;

LOPAKHIN, IERMOLAI ALEKSEIEVITCH, negociante;

TROFIMOV, PIOTR SERGUEIEVITCH, estudante;

PISHTCHIK, BORIS BORISOVITCH SIMEONOV, proprietário de terras;

CHARLOTTA IVANOVNA, governanta;

EPIKHODOV, SIMEON PANTELEIEVITCH, contador;

DUNIASHA (AVDOTIA FEDOROVNA), criada;

FIERS, velho lacaio de 87 anos;

IASHA, jovem lacaio;

UM VAGABUNDO;

O CHEFE DA ESTAÇÃO;

UM FUNCIONÁRIO DOS CORREIOS;

CONVIDADOS;

UM CRIADO.

A ação se passa na propriedade da SRA. RANEVSKI.

PRIMEIRO ATO

(*Um aposento que ainda é chamado de quarto das crianças. Uma das portas leva ao quarto de ÂNIA. É perto do amanhecer. É maio. As cerejeiras estão em flor, mas faz frio no jardim, com a geada da madrugada. As janelas estão fechadas. DUNIASHA entra com uma vela e LOPAKHIN com um livro.*)

LOPAKHIN
O trem chegou, graças a Deus. Que horas são?

DUNIASHA
Quase 2. (*Apaga a vela.*) Já está claro.

LOPAKHIN
Quanto tempo atrasou o trem? Duas horas, pelo menos. (*Boceja e se espreguiça.*) Que confusão estúpida andei fazendo! Vim aqui de propósito para encontrá-los na estação e me deixei levar pelo sono... dormi na cadeira. É uma pena. Poderia ter me acordado.

DUNIASHA
Achei que o senhor tinha ido embora. (*Apurando o ouvido.*) Acho que estão chegando.

LOPAKHIN
(*Escuta*) Não... Eles têm de apanhar as bagagens e ver outras coisas... (*Pausa*) Liuba Andreievna esteve morando no exterior por cinco

anos; não sei como deve estar agora... Ela é uma boa pessoa... simples e acessível. Lembro-me de quando eu era um menino de 15 anos, meu pai, que já faleceu, tinha uma loja aqui na aldeia... me deu um soco no rosto e meu nariz sangrou... Nós tínhamos ido para o quintal fazer alguma coisa e ele estava bêbado. Lembro-me que Liuba Andreievna, ainda era jovem e muito magra, me levou para lavar o rosto e me trouxe para cá, nesse mesmo quarto das crianças e me disse: "Não chore, meu homenzinho, até que venha a se casar isso passa". (*Pausa*) "Homenzinho..." Meu pai era camponês, é verdade, mas aqui estou eu de colete branco e sapatos amarelos... uma pérola numa ostra. Agora sou rico, com muito dinheiro, mas pense bem e me examine, e descobrirá que ainda sou um camponês até a medula dos ossos. (*Vira as páginas do livro.*) Estive lendo este livro, mas não entendi nada. Estava lendo e adormeci. (*Pausa*)

DUNIASHA
Os cães não dormiram a noite toda; sabem que eles estão chegando.

LOPAKHIN
O que há com você, Duniasha?

DUNIASHA
Minhas mãos estão tremendo. Vou desmaiar.

LOPAKHIN
Você é muito sensível, Duniasha. Veste-se como uma dama e penteia o cabelo como uma dama também. Não deveria. Deve saber qual é seu devido lugar.

EPIKHODOV
(*Entra com um buquê. Usa uma jaqueta curta e botas brilhantemente polidas que rangem alto. Deixa cair o buquê ao entrar, depois o*

recolhe.) O jardineiro enviou isto; diz que é para a sala de jantar. (*Entrega o buquê a DUNIASHA.*)

LOPAKHIN
E você, por favor, me traga uma bebida, pode ser um kvass.

DUNIASHA
Pois não, senhor. (*Sai*)

EPIKHODOV
Que geada forte, hoje! ...3 graus e as cerejeiras estão todas floridas. Não consigo entender nosso clima. (*Suspira*) Não consigo. Não nos favorece em nada, parece conspirar contra nós. E, Lopakhin, permita-me dizer-lhe, além disso, que comprei essas botas há dois dias e pode observar que rangem de uma maneira totalmente insuportável. O que devo fazer para resolver isso?

LOPAKHIN
Vá embora. Não me aborreça.

EPIKHODOV
Todo dia me acontece algum infortúnio. Mas não me queixo, estou acostumado e até consigo sorrir diante de tudo isso. (*DUNIASHA entra e entrega a bebida a LOPAKHIN*) Já vou. (*Tropeça numa cadeira.*) Veja só... (*Triunfante*) Veja só, se posso usar essa palavra, em que situação estou. É simplesmente maravilhoso. (*Sai*)

DUNIASHA
Posso lhe contar um segredo, Lopakhin? Epikhodov me pediu em casamento.

LOPAKHIN
Ah!

DUNIASHA

Não sei o que fazer. Ele é um jovem encantador, mas não poucas vezes, quando começa a falar, não consigo entender uma palavra do que está dizendo. Acho que gosto dele. Ele está loucamente apaixonado por mim. Mas é um sujeito sem sorte; todos os dias lhe acontece alguma coisa. Nós caçoamos dele por isso. Apelidaram-no de "Vinte e duas desgraças".

LOPAKHIN

(*Ouve*) Lá vêm eles, creio.

DUNIASHA

Estão chegando! O que se passa comigo? Estou com calafrios.

LOPAKHIN

Lá estão eles, chegaram, enfim. Vamos recebê-los. Será que ela vai me reconhecer? Não nos vemos há cinco anos.

DUNIASHA

(*Emocionada*) Vou desmaiar... Oh, estou desmaiando!

(*Ouvem-se duas carruagens se aproximando. LOPAKHIN e DUNIASHA saem rapidamente. O palco fica vazio. Barulho no aposento ao lado. FIERS, apoiado numa bengala, atravessa o palco rapidamente; veio só para receber LIUBA ANDREIEVNA. Usa uma libré antiquada e cartola. Fala sozinho, mas não se entende nada do que diz. O barulho atrás do palco aumenta cada vez mais. Ouve-se uma voz: "Vamos entrar". Entram LIUBA ANDREIEVNA, ÂNIA e CHARLOTTA IVANOVNA com um cachorrinho numa corrente e todos vestidos com roupas de viagem, VÁRIA com um casaco comprido e um lenço na cabeça. GAIEV, SIMEONOV-PISHTCHIK, LOPAKHIN, DUNIASHA com um pacote e um guarda-chuva, e um criado com bagagens... todos atravessam a sala.*)

ÂNIA

Vamos passar por aqui. Lembra desse quarto, mãe?

LIUBA

(*Alegremente, entre lágrimas.*) O quarto das crianças!

VÁRIA

Como está frio aqui! Minhas mãos estão dormentes. (*Para LIUBA ANDREIEVNA*) Seus quartos, o branco e o violeta, estão como antes, mãe.

LIUBA

Meu caro quarto das crianças, oh, lindo quarto... Eu costumava dormir aqui quando era menina. (*Chora*) E aqui estou eu como uma garotinha novamente. (*Beija o irmão, VÁRIA, depois o irmão de novo.*) E Vária é exatamente como era, bem como uma freira. E reconheci Duniasha. (*Beija-a.*)

GAIEV

O trem atrasou duas horas. Vejam só se isso é pontualidade.

CHARLOTTA

(*Para PISHTCHIK*) Meu cachorro come nozes também.

PISHTCHIK

(*Surpreso*) Pensando nisso, agora!

(*Todos saem, menos ÂNIA e DUNIASHA.*)

DUNIASHA

Como tivemos de esperar por vocês!

(*Tira a capa e o chapéu de ÂNIA.*)

ÂNIA

Fiquei quatro noites sem dormir durante a viagem... Estou com muito frio.

DUNIASHA

Você foi embora durante a Quaresma, quando estava nevando e um tempo gelado, mas agora... Querida! (*Ri e a beija.*) Tivemos realmente de esperar muito por você, minha alegria, minha querida... Vou lhe contar uma coisa logo, não posso esperar nem mais um minuto.

ÂNIA

(*Cansada*) Justo agora...?

DUNIASHA

O funcionário Epikhodov me pediu em casamento depois da Páscoa.

ÂNIA

Sempre a mesma... (*Alisa o cabelo.*) Perdi todos os grampos... (*Está muito cansada, e até cambaleia enquanto caminha.*)

DUNIASHA

Não sei nem o que pensar. Ele me ama, ele me ama tanto!

ÂNIA

(*Olha para o quarto dela; com voz suave.*) Meu quarto, minhas janelas, como se eu nunca tivesse ido embora. Estou em casa! Amanhã de manhã vou me levantar e vou correr pelo jardim... Ah, se eu conseguir dormir! Não dormi a viagem inteira, estava ansiosa demais.

DUNIASHA

Piotr Sergueievitch chegou há dois dias.

ÂNIA

(*Alegre*) Piotr!

DUNIASHA

Ele dorme na casa de banhos, acomodou-se lá. Ele me disse que receava ser um estorvo. (*Olha o relógio.*) Eu deveria acordá-lo, mas Vária me disse para não fazê-lo. "Não o acorde", disse-me ela.

(*Entra VÁRIA, com um molho de chaves no cinto.*)

VÁRIA

Duniasha, um pouco de café, rápido. A mãe é que está pedindo.

DUNIASHA

Num instante. (*Sai*)

VÁRIA

Bem, chegaram, graças a Deus. Em casa novamente. (*Acariciando-a*) Minha querida está de volta! Minha linda está de volta!

ÂNIA

Passei maus bocados, não foi nada bom.

VÁRIA

Mal posso imaginar!

ÂNIA

Saí daqui na Semana Santa; estava muito frio. Charlotta falava o tempo todo e não parava de fazer aqueles seus truques. Por que me obrigou a levar Charlotta?

VÁRIA

Você não poderia viajar sozinha, querida, aos 17 anos!

ÂNIA

Fomos a Paris, onde fazia muito frio e nevava. Meu francês é horrível. Minha mãe mora no quinto andar. Ao chegar, encontrei-a com vários franceses, algumas senhoras e um padre velho com um livro; o lugar estava cheio de fumaça de cigarro e não oferecia conforto algum. De repente, fiquei triste por causa de minha mãe... tão triste que a abracei, a apertei com força e não queria mais largá-la. Aí mamãe me abraçou também e começou a chorar...

VÁRIA

(*Chorando*) Não diga mais nada, não diga mais nada...

ÂNIA

Ela já vendeu a vila perto de Mentone; não tinha mais nada, nada. E também não me restava um copeque sequer; mal conseguimos arranjar um jeito de chegar aqui. E a mãe não compreende! Almoçamos numa estação; ela pediu os pratos mais caros e deu um rublo de gorjeta a cada garçom. E Charlotta fez o mesmo. Até Iasha pedia a mesma coisa. Haja dinheiro! Agora, mamãe tem um lacaio, Iasha; que veio conosco.

VÁRIA

Eu vi o pilantra.

ÂNIA

E como vão as coisas aqui? Os juros foram pagos?

VÁRIA

Não houve jeito.

ÂNIA

Oh! meu Deus, meu Deus!...

VÁRIA

A propriedade vai ser vendida em agosto.

ÂNIA

Meu Deus!...

LOPAKHIN

(*Olha pela porta e muge.*) **Muuu!...** (*Sai*)

VÁRIA

(*Em lágrimas.*) Eu gostaria de... (*Agita o punho.*)

ÂNIA

(*Abraça VÁRIA e fala baixinho.*) Vária, ele a pediu em casamento? (*VÁRIA nega com a cabeça.*) Mas ele a ama... Por que você não se decide? Por que continua esperando?

VÁRIA

Acho que tudo isso vai dar em nada. Ele está sempre ocupado. Não tem tempo para mim... não me dá atenção. Que vá com Deus, não quero mais nem vê-lo... Mas todo mundo fala que vamos nos casar, todos me felicitam, mas não existe nada entre nós, é tudo como um sonho. (*Em outro tom.*) Você tem um broche em formato de abelha!

ÂNIA

(*Entristecida*) Foi mamãe que o comprou. (*Entra no quarto dela e fala baixinho, em tom infantil.*) Em Paris eu subi de balão!

VÁRIA

Minha querida voltou, minha linda voltou! (*DUNIASHA já voltou com a cafeteira e começa a fazer o café, VÁRIA está perto da porta.*) Passo o dia todo cuidando da casa, e penso o tempo todo em você se casando com um homem rico; então eu ficaria feliz e iria para algum lugar sozinha, depois para Kiev... para Moscou, e assim por diante, de um lugar santo para outro. Andaria sem parar. Isso seria esplêndido!

ÂNIA

Os pássaros cantam no jardim. Que horas são?

VÁRIA

Perto das 3. Hora de dormir, querida. (*Entra no quarto de ÂNIA.*) Esplêndido!

(*Entra IASHA com um xale xadrez e uma bolsa de viagem.*)

IASHA

(*Atravessando o palco: educadamente.*) **Posso ir por aqui?**

DUNIASHA

Mal o reconheci, Iasha. Como mudou, no estrangeiro!

IASHA

Hum... e quem é você?

DUNIASHA

Quando você foi embora, eu era desse tamanho. (*Mostrando com a mão.*) Sou Duniasha, filha de Theodore Kozoiedov. Não se lembra?

IASHA

Oh, sua pequerrucha!

(*Olha em volta e a abraça. Ela grita e deixa cair um pires. IASHA sai rapidamente.*)

VÁRIA

(*Na porta, com voz irritada.*) **O que é isso?**

DUNIASHA

(*Em lágrimas.*) **Quebrei um pires.**

VÁRIA

Sinal de sorte.

ÂNIA

(*Saindo do quarto.*) **Precisamos avisar a mamãe que Piotr está aqui.**

VÁRIA

Pedi para que não o acordassem.

ÂNIA

(*Pensativa*) Faz seis anos que papai morreu e, um mês depois, meu irmão Grisha se afogou no rio... um menino tão querido de apenas 7 anos! A mamãe não aguentou, foi embora, partiu sem olhar para trás... (*Estremece*) Se ela soubesse como a compreendo! (*Pausa*) E Piotr Trofimov era o tutor de Grisha, ele poderia contar a ela...

(*Entra FIERS de jaqueta curta e colete branco.*)

FIERS

(*Vai até a cafeteira, nervoso.*) A patroa vai comer aqui... (*Põe luvas brancas.*) O café está pronto? (*Para DUNIASHA, severamente.*) Ora, onde está o creme?

DUNIASHA

Oh, meu Deus...! (*Sai correndo.*)

FIERS

(*Agitando o bule de café.*) Oh, seu desastrado... (*Murmura para si mesmo.*) Voltando de Paris... o patrão também foi a Paris uma vez... numa carruagem... (*Ri*)

VÁRIA

Do que está falando, Fiers?

FIERS

Perdão. (*Alegre*) A patroa está em casa novamente. Vivi para vê-la! Agora, posso morrer... (*Chora de alegria.*)

(*Entram LIUBA ANDREIEVNA, GAIEV, LOPAKHIN e SIMEONOV-PISHTCHIK, este último com um casaco comprido de tecido fino e calças largas. GAIEV, entrando, move os braços e o corpo como se estivesse jogando bilhar.*)

LIUBA

Deixe-me lembrar agora. Vermelha no canto! A branca no centro!

GAIEV

Exatamente! Outrora, você e eu costumávamos dormir neste quarto, e agora já estou com 51 anos! Parece estranho.

LOPAKHIN

Sim, o tempo voa.

GAIEV

O quê?

LOPAKHIN

Eu disse que o tempo voa.

GAIEV

Aqui cheira a patchuli.

ÂNIA

Vou para a cama. Boa noite, mãe. (*Beija-a*)

LIUBA

Minha linda pequena. (*Beija-lhe a mão.*) Contente por estar em casa? Nem posso acreditar.

ÂNIA

Boa noite, tio.

GAIEV

(*Beija o rosto e as mãos dela.*) Deus a abençoe. Como você se parece com sua mãe! (*Para a irmã.*) Você era igual na idade dela, Liuba.

(*ÂNIA dá a mão a LOPAKHIN e PISHTCHIK e sai, fechando a porta.*)

LIUBA

Ela está morta de cansada.

PISHTCHIK

É uma longa viagem.

VÁRIA

(*Para LOPAKHIN e PISHTCHIK*) Bem, senhores, já são 3 horas...

LIUBA

(*Ri*) Você continua a mesma de sempre, Varia. (*Puxa-a para perto de si e a beija.*) Vou tomar um café agora, depois vamos todos. (*FIERS coloca uma almofada sob os pés dela.*) Obrigada, querido. Sou viciada em café. Bebo dia e noite. Obrigada, meu velho. (*Beija FIERS.*)

VÁRIA

Vou ver se trouxeram toda a bagagem. (*Sai*)

LIUBA

Será que sou realmente eu sentada aqui? (*Ri*) Vontade não me falta de pular e agitar os braços. (*Cobre o rosto com as mãos.*) Mais parece que estou sonhando! Só Deus sabe como amo meu país, eu o amo demais; de dentro do trem, não conseguia ver nada, chorei muito. (*Em lágrimas.*) Bem, preciso tomar um café. Obrigada, Fiers. Obrigada, meu querido velho. Como estou contente por vê-lo ainda conosco!

FIERS

Anteontem.

GAIEV

Já não ouve mais direito.

LOPAKHIN

Tenho de ir para Kharkov no trem das 5. Sinto muito! Gostaria de olhar um pouco mais para você, conversar um pouco mais. Você está tão bonita, como sempre!

PISHTCHIK

(*Respira pesadamente.*) Ainda mais bonita... vestida à moda de Paris... Nossa! Não falta mais nada!

LOPAKHIN

Seu irmão, Leonid Andreievitch, diz que sou um esnobe, um usurário, mas isso não me atinge. Deixe-o falar. Só gostaria que a senhora acreditasse em mim como antes, que seus olhos maravilhosos e tocantes me olhassem como antes. Deus misericordioso! Meu pai era servo de seu avô e de seu próprio pai, mas a senhora... mais do que qualquer outra pessoa... fez tanto por mim que esqueci tudo isso e a amo como se pertencesse à minha família... e mais ainda.

LIUBA

Não consigo ficar sentada, não me sinto bem aqui parada. (*Levanta de um salto e passa a andar, agitada.*) Eu nunca vou sobreviver a essa felicidade... Podem rir de mim; sou uma mulher tola... Meu pequeno armário querido! (*Beija o armário.*) Minha mesinha.

GAIEV

A babá morreu durante sua ausência.

LIUBA

(*Senta-se e toma café.*) Sim, que Deus a tenha. Soube por carta.

GAIEV

E Anastasi também morreu. Piotr Kosoi me deixou e agora mora na cidade, na casa do comissário de polícia. (*Tira do bolso uma caixinha de caramelos e chupa um.*)

PISHTCHIK

Minha filha Dashenka lhe manda lembranças.

LOPAKHIN

Eu quero lhe dizer uma coisa bem agradável, deliciosa. (*Olha o relógio.*) Vou embora logo, não tenho muito tempo... mas vou lhe contar tudo em poucas palavras. Como já sabe, o pomar de cerejeiras será vendido para pagar suas dívidas, e o leilão está marcado para o dia 22 de agosto; mas não precisa se alarmar por causa disso, minha cara senhora, pode dormir em paz; há uma saída. Aqui está meu plano. Por favor, preste bem atenção! Sua propriedade fica a apenas treze milhas da cidade, a estrada de ferro corre ao lado do cerejal; e se este e a terra à beira do rio forem divididos em lotes para construção e depois alugados para chalés, creio que deverá auferir pelo menos 25 mil rublos por ano.

GAIEV

Mas que tremendo absurdo!

LIUBA

Não consigo entender, Iermolai Alekseievitch.

LOPAKHIN

A senhora receberá, no mínimo, 25 rublos anuais por hectare dos locatários e, se a senhora decidir imediatamente, aposto que não haverá nenhum lote de sobra quando chegar o outono; todos estarão alugados. Numa palavra, a senhora está salva. Já lhe dou os parabéns. Só que, é claro, terá de ajeitar tudo e limpar o terreno... Por exemplo, terá de derrubar todas as construções velhas, inclusive esta casa, que já não serve para ninguém, e cortar o velho cerejal...

LIUBA

Cortar o cerejal? Meu caro, deve me desculpar, mas você não entende nada. Se há algo interessante ou notável em toda a província, é esse nosso jardim de cerejeiras.

LOPAKHIN

A única coisa notável do cerejal é que é muito grande. Só dá frutos a cada dois anos, e mesmo assim vocês não sabem o que fazer com eles; ninguém compra.

GAIEV

Nosso cerejal é mencionado na "Enciclopédia Russa".

LOPAKHIN

(*Olha o relógio.*) Se não conseguirmos ser razoáveis e não decidirmos nada a respeito, então, no dia 22 de agosto, tanto o cerejal quanto toda a propriedade vão a leilão. Decidam-se! Juro que não há outra saída, e juro de novo.

FIERS

Antigamente, quarenta ou cinquenta anos atrás, secavam as cerejas, punham de molho, faziam conservas, geleia e costumavam até...

GAIEV

Cale a boca, Fiers!

FIERS

E despachávamos as cerejas secas em carroças para Moscou e Kharkov. Dava dinheiro! E as cerejas secas eram macias, suculentas, doces e bem perfumadas... Sabiam como fazer...

LIUBA

Qual era o modo de prepará-las?

FIERS

Eles esqueceram. Ninguém se lembra.

PISHTCHIK

(*Para LIUBA ANDREIEVNA*) E o que me diz de Paris? Hein? A senhora comeu rã?

LIUBA

Comi crocodilo.

PISHTCHIK

Não me venha com essa, agora.

LOPAKHIN

Até pouco tempo atrás, nas aldeias havia apenas a nobreza e os trabalhadores, e agora chegaram as pessoas que vivem em vilas. Todas as cidades agora, mesmo as pequenas, estão cercadas por chalés. E não há dúvida de que, em vinte anos, os moradores de chalés estarão por toda parte. Atualmente, ficam sentados na varanda, tomando chá, mas pode ser que comecem a cultivar seu pedaço de terra, e então seu cerejal voltará a se destacar, feliz, rico, esplêndido...

GAIEV

(*Irritado*) Que estupidez!

(*Entram VÁRIA e IASHA.*)

VÁRIA

Há dois telegramas para você, mãe. (*Pega uma chave e abre ruidosamente um armário antigo.*) Aqui estão eles.

LIUBA

São de Paris... (*Rasga sem ler.*) Paris acabou para mim!

GAIEV

E você sabe, Liuba, quantos anos tem esse armário? Há uma semana, tirei a gaveta de baixo. Olhei e vi a data gravada a fogo. Esse armário foi feito exatamente cem anos atrás. O que acha? Poderíamos celebrar o centenário dele. Não tem vida, mas ainda assim, diga o que quiser, é um belo móvel.

PISHTCHIK

(*Espantado*) Cem anos... Quem diria!

GAIEV

Sim... é uma coisa original. (*Passando a mão no móvel.*) Meu querido e honrado armário! Felicito-o por sua existência, que já há mais de cem anos se orienta para os brilhantes ideais do bem e da justiça; seu chamado silencioso ao trabalho produtivo não diminuiu nesses cem anos (*Chorando*), durante os quais estimulou a virtude e a fé num futuro melhor para as gerações de nossa raça, educando-nos para os ideais da bondade e da consciência social. (*Pausa*)

LOPAKHIN

Sim...

LIUBA

Você é o mesmo de sempre, Leon.

GAIEV

(*Um pouco confuso.*) **Bola branca à direita, caçapa no canto. A bola vermelha cai na caçapa do meio!**

LOPAKHIN

(*Olha o relógio.*) **Está na hora de ir.**

IASHA

(*Dando o remédio a LIUBA ANDREIEVNA.*) **A senhora vai tomar seus comprimidos agora?**

PISHTCHIK

Não deve tomar remédios, minha cara senhora; não lhe fazem mal nem bem... Senhora, por favor, me dê os remédios. (*Apanha os comprimidos, coloca-os todos na palma da mão, sopra neles, põe-nos na boca e os engole com um pouco de kvass.*) **Pronto!**

LIUBA

(*Assustada*) **Está doido!**

PISHTCHIK

Tomei todos os comprimidos.

LOPAKHIN

Glutão! (*Todos riem.*)

FIERS

Esteve aqui na semana da Páscoa e comeu meio balde de pepinos... (*Resmunga*)

LIUBA

O que ele andou dizendo?

VÁRIA

Tem andado resmungando sozinho já faz três anos. Já estamos mais que acostumados.

IASHA

Decadência senil.

(*CHARLOTTA IVANOVNA atravessa o palco, magra, apertada num vestido branco, trazendo dependurados no cinto óculos de haste longa.*)

LOPAKHIN

Perdoe-me, Charlotta Ivanovna, ainda não a cumprimentei. (*Tenta beijar-lhe a mão.*)

CHARLOTTA

(*Retira a mão.*) Se deixar beijar a mão, vai querer beijar também o cotovelo, depois o ombro e depois...

LOPAKHIN

Estou sem sorte, hoje! (*Todos riem.*) Mostre-nos um truque, Charlotta Ivanovna!

LIUBA

Charlotta, faça uma de suas mágicas.

CHARLOTTA

Não estou disposta. O que eu quero é ir para a cama. (*Sai*)

LOPAKHIN

Daqui a três semanas, nos veremos de novo. (*Beija a mão de LIUBA ANDREIEVNA.*) Adeus. Está na hora de partir. (*Para

GAIEV) **Até breve.** (*Beija PISHTCHIK.*) **Até mais ver.** (*Aperta a mão de VÁRIA, depois de FIERS e IASHA.*) *Não sinto qualquer vontade de ir. (Para LIUBA ANDREIEVNA)*. Se pensar nas vilas e se decidir, é só me avisar, e levanto um empréstimo de 50 mil rublos rapidamente. Pense nisso seriamente.

VÁRIA
(*Irritada*) Vá de uma vez!

LOPAKHIN
Já vou, já vou... (*Sai*)

GAIEV
Esnobe. Perdão... Vária vai se casar com ele, é seu namorado.

VÁRIA
Não fale besteira, tio.

LIUBA
Por que não, Vária? Eu ficaria deveras contente. É um bom partido.

PISHTCHIK
Para falar a verdade... ele é um homem digno... E minha Dashenka também diz isso... ela diz muitas outras coisas. (*Ronca, mas logo acorda.*) Mas, ainda assim, cara senhora, se puder me emprestar... 240 rublos... para pagar os juros de minha hipoteca amanhã...

VÁRIA
(*Assustada*) Não temos dinheiro, não temos nada!

LIUBA
É a pura verdade. Não tenho absolutamente nada.

PISHTCHIK
Tudo bem, vou dar um jeito. (*Ri*) Nunca perco a esperança. Certa vez cheguei a pensar: "Tudo está perdido. Estou arruinado, não

tenho para onde correr", quando eis que uma ferrovia foi construída atravessando minhas terras... e me indenizaram com um belo dinheiro. E alguma coisa vai acontecer também hoje ou amanhã. Dashenka pode ganhar 20 mil rublos... ela comprou um bilhete de loteria.

LIUBA

O café acabou, vamos para a cama.

FIERS

(*Escovando as calças do GAIEV; num tom insistente.*) Pôs as calças erradas outra vez. O que é que vou fazer com você?

VÁRIA

(*Em voz baixa.*) Ânia está dormindo. (*Abre a janela devagar.*) O sol já nasceu; não está frio. Olhe, mãe: que árvores lindas! E o ar! Os estorninhos estão cantando!

GAIEV

(*Abre a outra janela.*) O jardim está todo branco. Não esqueceu, Liuba? Aquela longa alameda que segue reta, reta, como uma fita esticada, brilha nas noites de luar. Não lembra? Esqueceu?

LIUBA

(*Olha para o jardim.*) Oh, minha infância, dias de inocência! Neste quarto de crianças eu dormia; daqui, costumava olhar para o jardim. A felicidade acordava comigo todas as manhãs e então era exatamente como agora; nada mudou. (*Ri de alegria.*) Está tudo branco, tudo! Oh, meu jardim! Depois dos sombrios outonos e dos frios invernos, você está jovem de novo, cheio de felicidade, os anjos do céu não o abandonaram... Se eu pudesse tirar esse pesado fardo de meu peito e de meus ombros, se eu pudesse esquecer meu passado!

GAIEV

Sim, vão vender esse jardim para pagar dívidas. Coisa mais estranha!

LIUBA

Olhe, lá está minha falecida mãe, andando pelo jardim... toda de branco! (*Ri de alegria.*) É ela!

GAIEV

Onde?

VÁRIA

Meu Deus, está sonhando, mamãe?

LIUBA

Não há ninguém. Pensei ter visto alguém. À direita, na curva da casa de veraneio, uma arvorezinha branca se inclinava, parecendo exatamente uma mulher. (*Entra o TROFIMOV com um surrado uniforme de estudante e de óculos.*) Que jardim maravilhoso! Que linda extensão de flores brancas, sob o céu azul...

TROFIMOV

Liuba Andreievna! (*Ela se volta para ele.*) Eu só quero marcar presença e vou embora. (*Beija-lhe a mão calorosamente.*) Pediram-me para esperar até amanhã, mas não tive paciência.

(*LIUBA ANDREIEVNA olha-o, surpresa.*)

VÁRIA

(*Chorando*) É Piotr Trofimov.

TROFIMOV

Piotr Trofimov, outrora tutor de seu Grisha... Será que mudei tanto?

(*LIUBA ANDREIEVNA o abraça e chora baixinho.*)

GAIEV

(*Confuso*) Chega, chega, Liuba.

VÁRIA

(*Chora*) Mas eu lhe disse, Piotr, para esperar até amanhã.

LIUBA

Meu Grisha... meu menino... Grisha... meu filho!

VÁRIA

O que vamos fazer, mãe? Foi a vontade de Deus.

TROFIMOV

(*Baixinho, entre lágrimas.*) Tudo bem, tudo bem.

LIUBA

(*Ainda chorando.*) Meu menino está morto. Morreu afogado. Por quê? Por quê, meu amigo? (*Em voz mais baixa.*) Ânia está dormindo. Estou falando tão alto, fazendo tanto barulho... Bem, Piotr, o que foi que fez você ficar de aspecto tão desagradável? Como você envelheceu!

TROFIMOV

No trem, uma senhora idosa me chamou de cavalheiro decadente.

LIUBA

Você era um menino bonito, um belo estudante, e agora seu cabelo é ralo e usa óculos. Você é estudante ainda? (*Vai até a porta.*)

TROFIMOV

Creio que vou ser estudante a vida toda.

LIUBA

(*Beija o irmão, depois VÁRIA.*) Bem, vamos para a cama... E você também ficou mais velho, Leonid.

PISHTCHIK

(*Segue-a*) Sim, vamos para a cama... Ah, minha gota! Vou passar a noite aqui. Se, ao menos, Liuba Andreievna, minha querida, pudesse me conseguir 240 rublos amanhã de manhã...

GAIEV

Sempre a mesma história.

PISHTCHIK

São 240 rublos... para pagar os juros da hipoteca.

LIUBA

Eu não tenho dinheiro, meu caro.

PISHTCHIK

Vou devolver... não é muito...

LIUBA

Bem, bem, Leonid vai lhe emprestar... Dê-lhe esse dinheiro, Leonid.

GAIEV

De qualquer maneira, abra então sua mão.

LIUBA

Por que não? Ele precisa; depois ele devolve.

(*LIUBA ANDREIEVNA, TROFIMOV, PISHTCHIK e FIERS saem. GAIEV, VÁRIA e IASHA permanecem.*)

GAIEV

Minha irmã não perdeu o hábito de jogar dinheiro fora. (*Para IASHA*) Afaste-se, vá embora, está cheirando a galinheiro.

IASHA

(*Sorri maliciosamente.*) Você é o mesmo de sempre, Leonid Andreievitch.

GAIEV

O quê? (*Para VÁRIA*) O que foi que ele disse?

VÁRIA

(*Para IASHA*) Sua mãe veio da aldeia; está sentada na sala dos criados desde ontem e quer ver você...

IASHA

E eu com isso?

VÁRIA

Você é um sem-vergonha mesmo!

IASHA

Não sei por que veio hoje. Poderia ter vindo amanhã. (*Sai*)

VÁRIA

A mãe não mudou nada, continua a mesma de sempre. Se lhe dá na telha, dá tudo o que tem.

GAIEV

É verdade... (*Pausa*) Quando são prescritos muitos remédios para a mesma doença, pode ter certeza de que essa doença em particular é incurável; é o que acho. Vivo quebrando a cabeça de tanto pensar e tenho vários remédios, muitos, e isso realmente significa que, na realidade, não tenho nenhum. Seria bom herdar uma fortuna de alguém, seria bom casar nossa Ânia com um homem rico, seria bom ir a Iaroslav e tentar a sorte com minha tia, a condessa. Essa tia, sim, que é rica, muito, muito rica.

VÁRIA

(*Chora*) Só Deus nos ajudando.

GAIEV

Não chore. Minha tia é muito rica, mas ela não gosta de nós. Em primeiro lugar, porque minha irmã se casou com um advogado, não com um nobre... (*ÂNIA aparece na porta.*) Ela se casou não apenas com um homem que não era nobre, mas também se comportou de maneira que não pode ser descrita como apropriada. Ela é afável, gentil e charmosa, gosto muito dela, mas diga o que quiser a seu favor e ainda terá de admitir que ela é má; você pode perceber isso no mais simples gesto dela.

VÁRIA

(*Sussurra*) Ânia está na porta.

GAIEV

Sério? (*Pausa*) É curioso, algo entrou em meu olho direito... não consigo mais enxergar muito bem com ele. E, na quinta-feira, quando eu estava no Tribunal...

(*ÂNIA entra.*)

VÁRIA

Por que não está dormindo, Ânia?

ÂNIA

Não consigo. Não tem como.

GAIEV

Minha querida! (*Beija o rosto e as mãos de ÂNIA.*) Minha filha... (*Chorando*) Você não é minha sobrinha, você é meu anjo, meu tudo... Acredite em mim, acredite...

ÂNIA

Acredito, tio. Todo mundo o ama e o respeita... mas, querido tio, o senhor fala demais, não deve. O que estava dizendo agora sobre minha mãe, a própria irmã? Por que disse essas coisas?

GAIEV

Sim, sim. (*Cobre o rosto com a mão dela.*) Sim, realmente, foi horrível. Que Deus me perdoe! Eu só estava fazendo um discurso diante dessa estante... que bobagem! E foi somente quando terminei que percebi como fui ridículo.

VÁRIA

Sim, querido tio, você realmente deveria falar menos. Pare de falar e está feito!

ÂNIA

O senhor se sentiria muito mais feliz consigo mesmo se ficasse quieto.

GAIEV

Tudo bem, não falo mais. (*Beija as mãos delas.*) Vou ficar calado. Mas podemos falar de negócios. Na quinta-feira, eu estava no Tribunal Distrital e encontrei muitos amigos. Passamos a conversar sobre os mais variados assuntos, e agora acho que posso arranjar um empréstimo para pagar os juros ao banco.

VÁRIA

Que Deus nos ajude!

GAIEV

Na terça-feira, vou voltar lá. Vou falar com eles de novo a respeito. (*Para VÁRIA*) Não fique aí choramingando. (*Para ÂNIA*) Sua mãe terá uma conversa com Lopakhin; ele, é claro, não vai recusar... E quando você estiver descansada, deve ir a Iaroslav, para a casa da condessa, sua avó. Então estaremos agarrados em três pontos e estaremos a salvo. Vamos pagar os juros. Tenho certeza. (*Põe um caramelo na boca.*) Juro por minha honra, por qualquer coisa que quiserem, que a propriedade não será vendida! (*Entusiasmado*) Juro por minha felicidade! Estendo a mão. Podem me chamar de pilantra, de insensato, se eu a deixar ir a leilão! Juro por tudo o que sou!

ÂNIA

(*Calma de novo e contente.*) Como o senhor é bom e inteligente, tio. (*Abraça-o*) Estou feliz agora! Estou feliz! Tudo bem!

(*Entra FIERS.*)

FIERS

(*Em tom de recriminação.*) Leonid Andreievitch, será que não teme a Deus? Quando é que vai para a cama?

GAIEV

Logo, logo. Pode ir, Fiers. Vou me despir sozinho. Bem, crianças, adeus...! Amanhã lhes darei os detalhes, mas agora vamos para a cama. (*Beija ÂNIA e VÁRIA.*) Sou um homem dos anos oitenta... As pessoas não falam bem desses anos, mas posso dizer que sofri para manter minhas convicções. Os camponeses não me amam à toa, asseguro-lhes. Temos de aprender a conhecer os camponeses! Devemos aprender como...

ÂNIA

Mas, de novo, tio!

VÁRIA

Pare com isso e fique quieto, tio!

FIERS

(*Zangado*) Leonid Andreievitch!

GAIEV

Já vou, já vou... Vá para a cama agora. Duas tacadas certeiras em cheio! E eu mudo de vida... (*Sai. FIERS sai atrás dele.*)

ÂNIA

Estou mais tranquila agora. Não quero ir para Iaroslav, não gosto da avó; mas estou calma agora; graças ao tio. (*Senta-se*)

VÁRIA

Está na hora de ir dormir. Aconteceu uma coisa muito desagradável enquanto você esteve fora. Na parte velha da casa, destinada aos criados, como sabe, só restaram os velhos... os velhinhos Efim, Polia, Ievstignei e também Karp. Eles começaram a deixar alguns vagabundos passar a noite ali... eu não disse nada. Então passaram a dizer que eu só lhes dava ervilhas para comer e nada mais; por maldade, sabe... E era tudo obra de Ievstignei... "Muito bem", pensei, "se é isso que está acontecendo, não perdem por esperar. Chamei Ievstignei..." (*Boceja*) Ele veio e lhe perguntei: "O que é isso, Ievstignei, seu velho tolo?" (*Olha para ÂNIA.*) Ânia, querida! (*Pausa*) Está dormindo... (*Pega no braço de ÂNIA.*) Vamos para a cama... Venha! (*Leva-a*) Minha querida caiu no sono! Vamos... (*Vão saindo. Ao longe, do outro lado do pomar, um pastor toca flauta. TROFIMOV atravessa o palco e para, ao ver VÁRIA e ÂNIA.*) Shhh! Ela está dormindo, dormindo. Vamos, querida.

ÂNIA

(*Meio adormecida.*) Estou tão cansada... todos os sinos... tio, querido! Mãe, tio!

VÁRIA

Vamos, querida, vamos! (*Vão para o quarto de ÂNIA.*)

TROFIMOV

(*Com ternura.*) Meu sol! Minha primavera!

(*Cai o pano.*)

SEGUNDO ATO

(*No campo. Um velho santuário meio descaído, há muito abandonado; perto dele, um poço e grandes pedras, que aparentemente são lápides antigas, e um velho banco de jardim. Vê-se a estrada que leva para a propriedade de GAIEV. De um lado erguem-se choupos escuros; atrás deles, começa o pomar de cerejeiras. Ao longe, uma fileira de postes de telégrafo, e muito, muito longe, no horizonte, os sinais indistintos de uma grande cidade, que só pode ser vista em dias mais claros. É quase pôr do sol. CHARLOTTA, IASHA e DUNIASHA estão sentados no banco; EPIKHODOV, de pé, toca uma guitarra; todos parecem pensativos. CHARLOTTA usa um velho gotto pontudo de homem; tirou uma espingarda dos ombros e está ajeitando a fivela da alça.*)

CHARLOTTA

(*Pensando*) Eu não tenho passaporte, não sei quantos anos tenho, mas me sinto jovem. Quando eu era pequena, meu pai e minha mãe costumavam ir às feiras e fazer apresentações muito boas. Eu costumava fazer o salto mortal e outras pequenas coisas. Quando papai e mamãe morreram, uma senhora alemã me levou e me educou. Gostei. Cresci e me tornei governanta. E de onde vim e quem sou, não sei... Quem eram meus pais... talvez nem fossem casados... não sei. (*Tira um pepino do bolso e come.*) Não sei de nada. (*Pausa*) Eu queria conversar, mas não tenho com quem... Não tenho ninguém.

EPIKHODOV

(*Toca guitarra e canta.*)

"O que é esta ruidosa terra para mim,

O que me importam amigos e inimigos?"

Eu gosto de tocar bandolim!

DUNIASHA

Isso é uma guitarra, não um bandolim. (*Olha-se num pequeno espelho e empoa o rosto.*)

EPIKHODOV

Para o louco apaixonado, isso é um bandolim. (*Canta*)

"Ah, se o coração se aqueceu,

Pelas chamas do amor que renasceu!"

(*IASHA canta também.*)

CHARLOTTA

Como cantam mal esses aí... Huuu! Como chacais.

DUNIASHA

(*Para YASHA*) Ainda assim, deve ser bom morar no exterior.

IASHA

Sim, certamente. Não posso discordar. (*Boceja e acende um charuto.*)

EPIKHODOV

É perfeitamente natural. No exterior, tudo está em plena complexidade.

IASHA

É isso mesmo.

EPIKHODOV

Sou um homem instruído, leio livros de bom conteúdo, mas não consigo vislumbrar o caminho que devo tomar na vida... se viver ou me matar, por assim dizer. Por isso sempre carrego um revólver comigo. Aqui está. (*Mostra um revólver.*)

CHARLOTTA

Para mim, chega. Vou embora. (*Põe a espingarda no ombro.*) Epikhodov, você é um homem muito inteligente e até mesmo terrível; as mulheres devem estar loucamente apaixonadas por você. Brrr! (*Indo*) Esses homens inteligentes são todos tão estúpidos. Não tenho com quem conversar. Estou sempre sozinha, sozinha. Não tenho ninguém... e não sei quem sou ou por que vivo. (*Sai devagar.*)

EPIKHODOV

Na verdade, independente de tudo, devo expressar, entre outras coisas, o sentimento de que o destino foi tão impiedoso comigo quanto uma tempestade é com um pequeno navio. Suponhamos, admitamos, que eu esteja errado; então por que acordei esta manhã, para dar um exemplo, e encontrei uma aranha enorme em meu peito, assim. (*Mostra com as duas mãos.*) E se vou beber um pouco de kvass, por que é que deve haver algo da natureza mais asquerosa dentro dele, do tipo de um besouro? (*Pausa*) Você já leu Buckle?[1] (*Pausa*) Eu gostaria de incomodá-la um pouco, Avdotia Fedorovna, só para lhe dizer duas palavras.

---

1 Henry Thomas Buckle (1821-1862), historiador britânico. (N.T.)

DUNIASHA
Diga.

EPIKHODOV
Preferiria lhe falar a sós. (*Suspira*)

DUNIASHA
(*Tímida*) Muito bem, mas primeiro me traga meu manto, que está ao lado do armário. Está um pouco úmido aqui.

EPIKHODOV
Muito bem... Vou buscá-lo... Agora sei o que fazer com meu revólver. (*Apanha a guitarra e sai, tocando.*)

IASHA
"Vinte e duas desgraças"! Um homem tolo, cá entre nós. (*Boceja*)

DUNIASHA
Por Deus, espero que não se mate. (*Pausa*) Estou tão nervosa, preocupada. Comecei a fazer pequenos serviços quando era menininha e agora não estou acostumada com essa vida monótona; minhas mãos são brancas, brancas como as de uma dama. Fiquei tão sensível e tão delicada e ando com medo de tudo... Vivo com medo. E não sei o que pode acontecer com meus nervos, se você me enganar, Iasha.

IASHA
(*Beija-a.*) Ó minha pequena! Claro, toda moça deve respeitar a si mesma; não há nada que eu mais deteste do que uma garota mal comportada.

DUNIASHA
Estou terrivelmente apaixonada por você, pois é educado, sabe falar de tudo. (*Pausa*)

IASHA

(*Boceja*) Sim. A meu ver, se uma moça se apaixona por alguém, isso significa que não tem caráter. (*Pausa*) É bom fumar um charuto ao ar livre... (*Escuta*) Alguém vem vindo. É a patroa com outras pessoas. (*DUNIASHA o abraça de repente.*) Vá para casa, como se tivesse de tomar banho no rio; vá por esse caminho, senão eles vão vê-la e vão pensar que andei me encontrando com você. Eu não suporto esse tipo de coisa.

DUNIASHA

(*Tosse baixinho.*) Seu charuto me deu dor de cabeça.

(*Sai. IASHA permanece, sentado ao lado do santuário. Entram LIUBA ANDREIEVNA, GAIEV e LOPAKHIN.*)

LOPAKHIN

Você deve se decidir de uma vez por todas... não há tempo a perder. A questão é perfeitamente simples. Está disposta a lotear o terreno para moradias ou não? Apenas uma palavra, sim ou não? Só uma palavra!

LIUBA

Quem está fumando esses charutos horríveis aqui? (*Senta-se*)

GAIEV

Com a ferrovia passando por aqui, este lugar se tornou muito atraente. (*Senta-se*) Fomos à cidade e almoçamos... vermelha na caçapa do meio! Eu gostaria de entrar agora e jogar apenas uma partida.

LIUBA

Vai ter tempo.

LOPAKHIN

Só uma palavra! (*Implorando*) Dê-me uma resposta!

GAIEV

(*Boceja*) Realmente!

LIUBA

(*Olha na bolsa.*) Eu tinha muito dinheiro ontem, mas hoje tenho muito pouco. Minha pobre Vária alimenta todo mundo com sopa de leite para economizar dinheiro e, na cozinha, os velhos só comem ervilhas, e eu gasto de forma imprudente. (*Larga a bolsa, espalhando moedas de ouro.*) Mais essa, caiu tudo pelo chão.

IASHA

Permita-me recolhê-las. (*Ajunta as moedas.*)

LIUBA

Por favor, Iasha. E por que fui almoçar na cidade?... Um restaurante horrível com aquela música e com aquelas toalhas de mesa cheirando a sabão... Por que bebe tanto, Leon? Por que come tanto? Por que fala tanto? Falou demais hoje no restaurante e não foi direto ao ponto... ficou conversando sobre os anos setenta e sobre os decadentes. E com quem? Com os garçons! Conversando com os garçons sobre decadentes!

LOPAKHIN

É verdade.

GAIEV

(*Acena com a mão.*) Não consigo me corrigir, isso é óbvio... (*Irritado, para IASHA.*) Qual é o problema? Por que continua se contorcendo na minha frente?

IASHA

(*Ri*) Não consigo ouvir sua voz sem rir.

GAIEV

(*Para sua irmã.*) Ou ele ou eu...

LIUBA

Vá embora, Iasha; pare com isso...

IASHA

(*Entrega a bolsa a LIUBA ANDREIEVNA.*) Vou imediatamente. (*Tentando conter o riso.*) Nesse instante... (*Sai*)

LOPAKHIN

Deriganov, aquele homem rico, está muito interessado em comprar sua propriedade. Dizem que ele vai comparecer pessoalmente no dia do leilão.

LIUBA

Onde ouviu isso?

LOPAKHIN

É o que andam falando na cidade.

GAIEV

Nossa tia de Iaroslav prometeu enviar algum dinheiro, mas não sei quando nem quanto.

LOPAKHIN

Quanto vai mandar? Cem mil rublos? Ou dois, talvez?

LIUBA

Ficaria contente com dez ou quinze mil.

LOPAKHIN

Você deve me desculpar por dizer isso, mas eu nunca conheci pessoas tão frívolas como vocês, ou alguém tão pouco profissional e incapaz. Aqui estou lhe dizendo em linguagem simples que sua propriedade será vendida e vocês parecem não entender.

LIUBA

O que devemos fazer? Diga-nos, o quê?

LOPAKHIN

Venho repetindo a mesma coisa todos os dias. Repito a mesma coisa todo santo dia. Tanto o pomar de cerejeiras quanto a terra da propriedade devem ser loteados para moradias e imediatamente, imediatamente... o leilão está aí, já está marcado. Entenda isso! Se porventura se decidir definitivamente pelas vilas ou chalés, poderá levantar todo o dinheiro de que precisar e estará salva.

LIUBA

Vilas e moradores de vilas... é tão vulgar, me desculpe.

GAIEV

Concordo plenamente.

LOPAKHIN

Será que devo chorar, gritar ou desmaiar. Não aguento mais! Vocês vão me deixar doido! (*Para GAIEV*) Sua velha!

GAIEV

O que foi que disse?

LOPAKHIN

Sua velha! (*Saindo*)

LIUBA

(*Assustada*) Não, não vá embora, pare; seja amigo. Por favor. Talvez encontremos alguma saída!

LOPAKHIN

De que adianta tentar pensar?

LIUBA

Por favor, não vá embora. É melhor quando você está aqui... (*Pausa*) Fico esperando alguma coisa acontecer, como se a casa fosse desabar sobre nossas cabeças.

GAIEV

(*Pensando profundamente.*) Duplo no canto... no meio...

LIUBA

Acho que estamos pagando por todos os nossos pecados...

LOPAKHIN

Que pecados cometeu?

GAIEV

(*Põe um caramelo na boca.*) Dizem que dilapidei toda a minha fortuna em caramelos. (*Ri.*)

LIUBA

Oh, meus pecados... Sempre joguei dinheiro fora sem nenhum controle, como uma louca, e me casei com um homem que nada mais fazia senão dívidas. Meu marido morreu de champanhe... bebia demais... E para minha desgraça, me apaixonei por outro homem e fui viver com ele; e justo naquela época... veio meu primeiro castigo, um golpe que me acertou em cheio na cabeça... aqui no rio... meu filho se afogou. E eu fui embora, para bem longe, para nunca mais voltar, nunca mais ver esse rio... fechei os olhos e fugi sem pensar, mas ele veio atrás de mim... sem piedade, sem respeito. Comprei uma casa perto de Mentone, porque ele adoeceu ali e, durante três anos, não tive descanso, dia e noite; o doente me deixou esgotada e de alma seca. No ano passado, quando venderam a vila para pagar minhas dívidas, fui para Paris, e lá ele me roubou tudo o que eu tinha, me deixou e foi embora com outra mulher. Tentei me envenenar... Era tudo tão estúpido, tão vergonhoso... E de repente passei a sonhar em voltar para a Rússia, minha terra, com minha garotinha... (*Enxuga as lágrimas.*) Senhor, Senhor, misericórdia, perdoe meus pecados! Não me castigue mais! (*Tira um telegrama do bolso.*) Recebi isso hoje de Paris... Ele implora meu perdão, suplica para que eu volte... (*Lágrimas*) É música que estou ouvindo? (*Escuta*)

GAIEV

É nossa célebre banda judaica. Você se lembra: quatro violinos, uma flauta e um contrabaixo.

LIUBA

Então ainda existe? Seria bom se eles aparecessem alguma noite.

LOPAKHIN

(*Escuta*) Não consigo ouvir... (*Canta baixinho.*) "Por dinheiro, os alemães fazem de um russo um francês." (*Ri*) Eu vi uma coisa muito engraçada no teatro ontem à noite.

LIUBA

Tenho certeza de que não havia nada de engraçado. Você não deve ir ver peças, deveria olhar para si mesmo. Que vida sem graça você leva, fala à toa e não diz nada que preste.

LOPAKHIN

É verdade. Para falar com toda a franqueza, vivemos uma vida sem sentido. (*Pausa*) Meu pai era camponês, um idiota, não sabia nada e nada me ensinou; estava sempre bêbado e sempre usou a vara para me bater. Por isso mesmo sou um tolo e idiota também. Nunca aprendi nada, minha letra é horrível, fico até com vergonha de escrever diante dos outros; escrevo como um porco!

LIUBA

Você deveria se casar, meu amigo.

LOPAKHIN

Sim... é verdade.

LIUBA

Por que não com nossa Vária? Ela é uma moça bonita.

LOPAKHIN

Sim.

LIUBA

Ela é bastante caseira, trabalha o dia todo e, o que mais importa, está apaixonada por você. E você gosta dela há muito tempo.

LOPAKHIN

Bem? Quem sabe... ela é realmente uma boa moça. (*Pausa*)

GAIEV

Ofereceram-me um lugar num banco. Seis mil rublos por ano... Ouviram?

LIUBA

O que está acontecendo com você! Fique onde está...

(*Entra FIERS com um sobretudo.*)

FIERS

(*Para GAIEV*) Por favor, senhor, vista isso, está muito úmido.

GAIEV

(*Vestindo-o*) Você é bem aborrecido, velho.

FIERS

Está bem... Esta manhã já saiu sem me dizer nada. (*Examinando GAIEV.*)

LIUBA

Como você envelheceu, Fiers!

FIERS

Perdão?

LOPAKHIN

Ela disse que você envelheceu muito!

FIERS

Estou vivo há muito tempo. Quando as pessoas insistiam para que eu me casasse, seu pai nem era nascido... (*Ri*) E quando veio a emancipação, eu já era o primeiro criado. Só que eu não concordei com a emancipação e fiquei com meu patrão... (*Pausa*) Lembro que todos estavam felizes, mas não sabiam por quê.

LOPAKHIN

Era muito bom para eles nos velhos tempos. De qualquer maneira, costumavam espancá-los.

FIERS

(*Sem ouvir.*) Em vez disso, os camponeses mantinham distância dos senhores e os senhores mantinham distância dos camponeses, mas agora tudo está tão confuso que não se consegue entender mais nada.

GAIEV

Fique quieto, Fiers. Eu tenho de ir até a cidade amanhã. Prometeram me apresentar a um general que pode me emprestar dinheiro.

LOPAKHIN

Não vai conseguir nada. E não vai pagar os juros, não conte com isso.

LIUBA

Está falando bobagem. Não há general nenhum.

(*Entram TROFIMOV, ÂNIA e VÁRIA.*)

GAIEV

Aqui estão eles.

ÂNIA

A mãe está aí, sentada.

LIUBA

(*Com ternura.*) Venham, venham, queridas... (*Abraçando ÂNIA e VÁRIA*) Se vocês duas soubessem como as amo. Sentem-se a meu lado, assim. (*Todos se sentam.*)

LOPAKHIN

Nosso eterno estudante está sempre com as senhoritas.

TROFIMOV

Isso não é de sua conta.

LOPAKHIN

Logo vai completar 50 anos e continua estudante.

TROFIMOV

Deixe de lado suas péssimas piadas!

LOPAKHIN

Ficando zangado, hein, babaca?

TROFIMOV

Cale a boca de uma vez!

LOPAKHIN

(*Ri*) Gostaria de saber o que pensa de mim.

TROFIMOV

Acho, Iermolai Alekseievitch, que você é um homem rico e logo será um milionário. Assim como a fera que come tudo o que encontra é necessária para que as mudanças ocorram na matéria, assim também você é necessário.

(*Todos riem.*)

VÁRIA

Melhor nos dizer algo sobre os planetas, Piotr.

LIUBA ANDREIEVNA

Não, vamos continuar com a conversa de ontem!

TROFIMOV

Sobre o quê?

GAIEV

Sobre o orgulho do homem.

TROFIMOV

Ontem conversamos por longo tempo a respeito, mas não chegamos a conclusão alguma. De seu ponto de visto, há algo místico no orgulho do homem. Talvez tenha razão, mas se você considerar o assunto de forma simples, sem complicar, então que orgulho pode haver, que sentido pode haver nele, se um homem é feito de modo imperfeito, fisiologicamente falando, se na grande maioria dos casos ele é grosseiro, estúpido e profundamente infeliz? Devemos parar de nos admirar uns aos outros. Devemos trabalhar, nada mais.

GAIEV

Todos vamos morrer, do mesmo jeito.

TROFIMOV

Quem sabe? E o que significa... morrer? Talvez o homem tenha cem sentidos e, quando morre, apenas os cinco que conhecemos são destruídos e os restantes 95 permanecem vivos.

LIUBA

Que saída matreira a sua, Piotr!

LOPAKHIN

(*Ironicamente*) Oh, medonha!

TROFIMOV

A raça humana progride, aperfeiçoando seus poderes. Tudo o que é inatingível um dia estará próximo e compreensível, mas devemos trabalhar, devemos ajudar com todas as nossas forças aqueles que procuram saber o que o destino haverá de trazer. Enquanto isso, na Rússia, poucos de nós trabalham. A maioria desses intelectuais que conheço não procuram nada, não fazem nada e são atualmente incapazes de trabalhar duro. Eles se dizem intelectuais, mas tratam os criados como seres inferiores e os camponeses como animais. Não querem aprender coisa nova, não leem nada sério, não fazem absolutamente nada; sobre ciência só falam por falar e de arte não entendem quase nada. Todos são sérios, todos têm rostos severos, todos falam de coisas importantes. Filosofam e, ao mesmo tempo, a maioria de nós, 95%, vive como selvagens, brigando e se ofendendo pelo menor motivo, comendo pessimamente mal, dormindo na sujeira, no meio do mofo, com pulgas, mau cheiro, enfim, em ambientes degradantes... E é óbvio que toda a nossa bela conversa só serve para nos distrair a nós mesmos e aos outros. Digam-me, onde estão aquelas creches de que tanto ouvimos falar? E onde estão essas salas de leitura? Essas coisas só existem nos romances; na realidade, elas não existem. Só existe sujeira, vulgaridade e pragas asiáticas... Tenho medo, não gosto nada de rostos sérios; não gosto de conversas sérias. Vamos nos calar, que é melhor.

LOPAKHIN

Você sabe, eu me levanto às 5 da manhã, trabalho de manhã à noite, estou sempre lidando com dinheiro – meu e de outros – e posso ver como as pessoas são. Basta começar a fazer qualquer coisa para descobrir como são poucas as pessoas honestas e honradas. Às vezes, quando não consigo dormir, penso: "Oh Senhor, você nos deu florestas imensas, campos infinitos e horizontes sem fim, e nós, vivendo aqui, deveríamos realmente ser gigantes".

LIUBA

Você quer gigantes?... Eles são bons só em histórias e até aí assustam.
(*EPIKHODOV entra no fundo do palco tocando guitarra. Pensativa:*)
Aí vem Epikhodov.

ÂNIA

(*Pensativa*) Aí vem Epikhodov.

GAIEV

O sol se pôs, senhoras e senhores.

TROFIMOV

Sim.

GAIEV

(*Não alto, mas como se estivesse declamando.*) Ó Natureza, tu és maravilhosa, tu brilhas com esplendor eterno! Ó bela e indiferente, tu a quem chamamos mãe, tu encerras em ti a existência e a morte, tu vives e destróis...

VÁRIA

(*Suplicando*) Tio, querido!

ÂNIA

Tio, de novo!

TROFIMOV

Seria melhor se você tentasse a vermelha na caçapa do meio.

GAIEV

Vou ficar calado, não falo mais nada.

(*Todos se sentam pensativos. Tudo quieto. Ouvem-se apenas os resmungos de FIERS. De repente, ouve-se um som distante como que vindo do céu, o som de uma corda se rompendo e morrendo tristemente.*)

LIUBA

O que é isso?

LOPAKHIN

Não sei. Talvez um balde que caiu num poço em algum lugar. Mas está um pouco distante.

GAIEV

Talvez algum pássaro... como uma garça.

TROFIMOV

Ou uma coruja.

LIUBA

(*Estremece*) De qualquer modo, foi desagradável. (*Pausa*)

FIERS

Antes da desgraça, aconteceu a mesma coisa. Uma coruja gritou e o samovar zumbiu sem parar.

GAIEV

Antes de que desgraça?

FIERS

Antes da emancipação. (*Pausa*)

LIUBA

Meus amigos, vamos entrar; já é noite. (*Para ÂNIA*) Está com lágrimas nos olhos... O que é isso, minha menina? (*Abraça-a*)

ÂNIA

Não é nada, mãe.

TROFIMOV

Alguém está chegando.

(*Entra um VAGABUNDO com um velho gorro branco e sobretudo. Está um pouco bêbado.*)

VAGABUNDO

Desculpem, seguindo por aqui, chego diretamente à estação?

GAIEV

Claro. Vá por este caminho.

VAGABUNDO

Agradeço do fundo de meu coração. (*Soluça*) Clima lindo... (*Declama*) Meu irmão, meu irmão sofredor... Venha para o Volga, você cujos gemidos... (*Para VÁRIA*) Senhorita, por favor, dê 30 copeques a um russo faminto...

(*VÁRIA grita, assustada.*)

LOPAKHIN

(*Irritado*) Boas maneiras, todo mundo deve ter!

LIUBA

(*Com um sobressalto.*) Tome isso... aqui está... (*Apalpa a bolsa.*) Não tem prata... Não importa, tem ouro.

VAGABUNDO

Profundamente agradecido! (*Sai, rindo.*)

VÁRIA

(*Assustada*) Eu vou, vou embora... Oh, mãe, os criados não têm o que comer, e a senhora dando ouro a um vagabundo.

LIUBA

O que se vai fazer com uma tola como eu! Em casa, vou lhe dar tudo o que tenho. Iermolai Alekseievitch, empreste-me mais um pouco!...

LOPAKHIN

Pois não.

LIUBA

Vamos, está na hora. E Vária, combinamos seu casamento; meus parabéns.

VÁRIA

(*Chorando*) Não deveria brincar com isso, mãe.

LOPAKHIN

Oh, querida, recolha-se a um convento.

GAIEV

Minhas mãos estão tremendo; faz muito tempo que não jogo bilhar.

LOPAKHIN

Oh, ninfa, lembre-se de mim em suas orações.

LIUBA

Vamos, está quase na hora de jantar.

VÁRIA

Ele me assustou. Meu coração está batendo forte.

LOPAKHIN

Deixe-me lembrá-los, senhoras e senhores, que no dia 22 de agosto o cerejal vai ser vendido. Pensem nisso!... Pensem nisso!...

(*Todos saem, exceto TROFIMOV e ÂNIA.*)

ÂNIA

(*Ri*) Graças ao vagabundo que assustou Bárbara, estamos sozinhos agora.

TROFIMOV

Vária tem medo de que possamos nos apaixonar um pelo outro e não se afasta de nós por dias a fio. A mente estreita que tem não lhe permite entender que estamos acima do amor. Fugir de todas as coisas mesquinhas e enganosas que nos impedem de sermos felizes e livres, esse é o objetivo e o significado de nossas vidas.

Avançar! Seguimos irresistivelmente para aquela estrela cintilante que brilha ali, ao longe! Não fiquem para trás, amigos!

ÂNIA

(*Batendo palmas.*) **Como você fala bonito!** (*Pausa*) **É maravilhoso aqui, hoje!**

TROFIMOV

Sim, o tempo está maravilhoso.

ÂNIA

O que você fez comigo, Piotr? Não gosto mais do cerejal como antes. Eu o amava com tanta ternura, que pensei que não havia lugar melhor no mundo do que nosso pomar de cerejeiras.

TROFIMOV

A Rússia toda é nosso cerejal. A terra é grande e bela, há muitos lugares maravilhosos nela. (*Pausa*) Pense, Ânia, seu avô, seu bisavô e todos os seus antepassados eram donos de servos, eles eram proprietários de almas vivas; e agora, de cada cereja do pomar, de cada folha e de cada tronco, algo humano está olhando para você. Não ouve vozes...? Oh, é horrível, seu pomar é terrível. E quando, à tardinha ou à noite, eu ando pelo pomar, então a velha casca das árvores lança uma luz fraca e as velhas cerejeiras parecem estar sonhando com tudo o que foi há cem, duzentos anos, e são oprimidas por visões horrendas. Ainda assim, de qualquer forma, deixamos esses duzentos anos para trás. Até agora não ganhamos nada... ainda não sabemos o que o passado representa para nós... apenas filosofamos, reclamamos que tudo é maçante ou bebemos vodca. Pois é tão claro que, para começar a viver no presente, é preciso primeiro redimir o passado, e isso só pode ser feito pelo sofrimento, pelo trabalho árduo e ininterrupto. Entenda isso, Ânia.

ÂNIA

A casa em que moramos há muito deixou de ser nossa. Vou embora. Eu lhe dou minha palavra.

TROFIMOV

Se você tem as chaves da casa, jogue-as no poço e vá embora. Seja tão livre como o vento.

ÂNIA

(*Entusiasmada*) Como é lindo o que você disse!

TROFIMOV

Acredite em mim, Ânia, acredite em mim! Ainda não tenho 30 anos, sou jovem, ainda sou estudante, mas sofri muito! No inverno, a fome me assalta, estou doente, estou abalado. Sou pobre como um mendigo, e onde não estive... o destino me empurrou para todos os lugares! Mas minha alma é sempre minha; cada minuto do dia e da noite está cheio de pressentimentos indescritíveis. Eu sei que a felicidade está chegando, Ânia, eu já a vejo...

ÂNIA

(*Pensativa*) A lua está nascendo.

(*Ouve-se EPIKHODOV tocando a mesma música triste na guitarra. A lua vai subindo. Em algum lugar entre os álamos, VÁRIA está procurando por ÂNIA e chamando: "ÂNIA, onde você está?"*)

TROFIMOV

Sim, a lua surgiu. (*Pausa*) É a felicidade, lá vem ela, se aproxima cada vez mais; Já ouço seus passos. E se não a vemos, não a conheceremos, mas o que isso importa? Outros vão vê-la!

A VOZ DE VÁRIA

Ânia! Onde está você?

TROFIMOV

Vária, de novo! (*Irritado*) Revoltante!

ÂNIA

Deixe para lá. Vamos até o rio. Lá é lindo.

TROFIMOV

Vamos. (*Saem*)

A VOZ DE VÁRIA

Ânia! Ânia!

(*Cai o pano.*)

TERCEIRO ATO

(*Uma sala de recepção separada de uma sala de estar por um arco. Candelabro aceso. Ouve-se uma banda judaica, mencionada no Segundo Ato, tocando em outra sala. É noite. Na sala de estar dança-se uma quadrilha. Voz de SIMEONOV PISHTCHIK:* "Promenade a une paire!"[2] *Dançarinos entram na sala de recepção; o primeiro par é de PISHTCHIK e CHARLOTTA IVANOVNA; o segundo de TROFIMOV e LIUBA ANDREIEVNA; o terceiro de ÂNIA e o FUNCIONÁRIO DO CORREIO; o quarto de VÁRIA e o CHEFE DA ESTAÇÃO, e assim por diante. VÁRIA está chorando baixinho e enxuga as lágrimas enquanto dança. DUNIASHA está no último par. Eles vão para a sala de visitas, PISHTCHIK gritando* "Grand rond, balancez" *e* "Les cavaliers à genoux et remerciez vos dames!"[3] *FIERS, de paletó, carrega uma bandeja com água mineral. Entram PISHTCHIK e TROFIMOV na sala de visitas.*)

---

2 Expressão francesa: "Passeio com parceiro", ou seja, "Dança formando par". (N.T.)
3 Frases francesas: "Grande dança da roda, vamos lá!" e " Os cavalheiros de joelhos, agradecendo às damas". (N.T.)

PISHTCHIK

Eu tenho sangue em demasia e já tive dois derrames; dançar, para mim, é perigoso, mas, como dizem, se você está na roda, tem de dançar. Eu tenho a força de um cavalo. Meu falecido pai – que Deus o tenha – gostava de uma piada e costumava dizer, falando de nossos ancestrais, que a antiga linhagem dos Simeonov-Pishtchik era descendente daquele mesmo cavalo que Calígula[4] nomeou senador... (*Senta-se*) Mas o problema é que não tenho dinheiro! Um cavalo faminto só pensa em capim. (*Ronca e logo desperta.*) Então eu... só penso em dinheiro...

TROFIMOV

Sim. Há algo de equino em sua aparência.

PISHTCHIK

Bem... um cavalo é um belo animal... pode-se transformar um cavalo em dinheiro.

(*Ouve-se rumor de jogo de bilhar na sala ao lado. VÁRIA aparece sob o arco.*)

TROFIMOV

(*Provocando*) Sra. Lopakhin! Sra. Lopackhin!

VÁRIA

(*Irritada*) Cavalheiro decadente!

TROFIMOV

Sim, sou um cavalheiro decadente e tenho orgulho disso!

---

4 Trata-se de Caius Julius Caesar Augustus Germanicus (12-41 d.C.), apelidado Calígula, imperador romano de 37 a 41 d.C., que nomeou seu cavalo predileto *Incitatus* (que significa impetuoso) como Senador do Império. (N.T.)

VÁRIA

(*Com amargura.*) Contratamos os músicos, mas como pagá-los? (*Sai*)

TROFIMOV

(*Para PISHTCHIK*) Se a energia que gastou ao longo de sua vida, procurando dinheiro para pagar juros, tivesse sido empregada em algo mais útil, acredito que poderia ter consertado tudo.

PISHTCHIK

Nietzsche[5]... um filósofo... um grande, um homem muito célebre... um homem de cérebro privilegiado, diz em seus livros que todos podem fabricar dinheiro falso.

TROFIMOV

E o senhor já leu Nietzsche?

PISHTCHIK

Bem... Dashenka me contou. Agora que estou em tal situação, não me importaria de fabricá-lo... Tenho de pagar 310 rublos depois de amanhã... Já tenho 130... (*Apalpa os bolsos nervosamente.*) Perdi o dinheiro! O dinheiro sumiu! (*Chorando*) Onde está meu dinheiro? (*Alegre*) Aqui está, atrás do forro... Comecei até a transpirar.

(*Entram LIUBA ANDREIEVNA e CHARLOTTA IVANOVNA.*)

LIUBA

(*Cantarolando uma música caucasiana.*) Por que Leonid está demorando tanto? O que está fazendo na cidade? (*Para DUNIASHA*) Duniasha, ofereça chá aos músicos.

---

5 Friedrich Wilhelm Nietzsche (1844-1900), filólogo, filósofo e crítico alemão. (N.T.)

TROFIMOV

O negócio já deve ter sido concluído, suponho.

LIUBA

Creio que não precisava contratar os músicos e não precisava organizar este baile... Bem, não importa... (*Senta-se e canta baixinho.*)

CHARLOTTA

(*Dá um baralho de cartas a PISHTCHIK.*) Aqui está um baralho, pense numa carta qualquer.

PISHTCHIK

Já pensei numa.

CHARLOTTA

Agora embaralhe. Tudo bem. Devolva-o a mim, meu caro sr. Pishtchik. *Ein, zwei, drei!*[6] Agora olhe e encontrará a carta no bolso do casaco.

PISHTCHIK

(*Tira uma carta do bolso do casaco.*) Oito de espadas. Perfeito! (*Surpreso*) Que coisa!

CHARLOTTA

(*Segura o baralho na palma da mão; para TROFIMOV.*) Agora me diga rapidamente. Qual é a carta de cima?

TROFIMOV

Bem, a dama de espadas.

---

6 Um, dois, três! – em alemão. (N.T.)

CHARLOTTA

Certo! (*Para PISHTCHIK*) Bem, agora, qual carta de cima?

PISHTCHIK

Ás de copas.

CHARLOTTA

Certo! (*Bate palmas, o baralho desaparece.*) Como o tempo está lindo hoje. (*A voz de uma mulher misteriosa responde a ela, como se estivesse debaixo do chão: "Ah, sim, está um tempo maravilhoso, senhora!"*) Você é tão linda, você é meu ideal. (*Voz: "Você, senhora, me agrada muito também."*)

CHEFE DA ESTAÇÃO

(*Aplaude*) Senhora ventríloqua! Bravo!

PISHTCHIK

(*Surpreso*) Que coisa! Que maravilha, Charlotta Ivanovna... estou simplesmente apaixonado...

CHARLOTTA

Apaixonado? (*Dando de ombros.*) E sabe o que significa paixão? *Guter Mensch aber schlechter Musikant*[7].

TROFIMOV

(*Dá um tapa no ombro de PISHTCHIK.*) Oh, seu cavalo!

CHARLOTTA

Atenção, por favor, aqui está outro truque. (*Toma um xale de uma cadeira.*) Aqui está um xale axadrezado muito bonito, vou vendê-lo... (*Abanando*) Ninguém quer comprar?

---

[7] Frase em alemão que significa "bom homem, mas mau músico". (N.T.)

PISHTCHIK

(*Atônito*) O que vai acontecer agora!

CHARLOTTA

Ein, zwei, drei. (*Levanta rapidamente o xale, que está pendendo. ÂNIA está atrás dele, faz uma inclinação e corre para a mãe, abraça-a e volta correndo para a sala de estar entre aplausos gerais.*)

LIUBA

(*Aplaude*) Bravo, bravo!

CHARLOTTA

Mais uma vez! *Ein, zwei, drei!* (*Levanta o xale. VÁRIA está atrás dele e faz uma reverência.*)

PISHTCHIK

(*Atônito*) Que coisa!

CHARLOTTA

Acabou! (*Joga o xale em PISHTCHIK, faz uma reverência e corre para a sala de visitas.*)

PISHTCHIK

(*Corre atrás dela.*) Sua danadinha... O quê? Como? (*Sai*)

LIUBA

Leonid não chegou ainda. Não sei o que anda fazendo tanto tempo na cidade! Creio que o leilão já acabou. A propriedade deve ter sido vendida; ou, se não o foi, por que demora tanto para voltar?

VÁRIA

(*Tenta acalmá-la.*) O tio a comprou. Tenho certeza disso.

TROFIMOV

(*Sarcasticamente.*) Ah, sim!

VÁRIA

A avó o autorizou a comprá-la em nome dela e lhe transferir a dívida. Ela está fazendo isso por Ânia. E tenho certeza de que Deus vai nos ajudar e o tio vai concluir o negócio.

LIUBA

Vovó mandou, de Iarislov, 15 mil rublos para comprar a propriedade em nome dela – não confia em nós – e isso não é suficiente nem para pagar os juros. (*Cobre o rosto com as mãos.*) Meu destino será decidido hoje, meu destino...

TROFIMOV

(*Provocando VÁRIA.*) Sra. Lopakhin!

VÁRIA

(*Irritada*) Estudante eterno! Expulso duas vezes da universidade.

LIUBA

Por que fica zangada desse jeito, Vária? Ele a está provocando por causa de Lopakhin, bem, e daí? Você pode se casar com Lopakhin, se quiser, ele é um homem bom e interessante... Não precisa, se não quiser; ninguém quer forçá-la contra a sua vontade, minha querida.

VÁRIA

Eu encaro o assunto com seriedade, mãe, para ser bem franca. Ele é um bom homem, e eu gosto dele.

LIUBA

Então case-se com ele. Não sei o que você está esperando.

VÁRIA

Eu não posso propor isso a ele, mãe. As pessoas falam disso há dois anos, mas ele não diz nada ou leva na brincadeira. Entendo. Está cada vez mais rico, está sempre ocupado, não pode se preocupar comigo. Se eu tivesse algum dinheiro, mesmo que fosse pouco, mesmo que somasse apenas cem rublos, largaria tudo e ia embora. Entraria num convento.

TROFIMOV

Que lindo!

VÁRIA

(*Para TROFIMOV*) **Um estudante deve ter bom senso!** (*Afavelmente, em lágrimas.*) **Como você está feio agora, Piotr, como envelheceu!** (*Para LIUBA ANDREIEVNA, parando de chorar.*) **Mas não posso continuar sem trabalhar, mãe. Tenho de me ocupar com alguma coisa o tempo todo.**

(*Entra IASHA.*)

IASHA

(*Quase rindo.*) Epikhodov quebrou um taco de bilhar! (*Sai*)

VÁRIA

Por que Epikhodov está aqui? Quem disse que ele sabia jogar bilhar? Não consigo entender essas pessoas. (*Sai*)

LIUBA

Não a provoque, Piotr, não vê que já está amargurada demais?

TROFIMOV

Ela se preocupa demais consigo mesma, continua tentando interferir na vida dos outros. Durante todo o verão, ela não deu paz a mim ou a Ânia; tem medo de que tenhamos um romance. O que isso tem a ver com ela? Como se eu tivesse dado a ela motivos para acreditar que me rebaixaria a tal vulgaridade! Estamos acima do amor.

LIUBA

Então suponho que eu esteja abaixo do amor. (*Agitada*) Por que Leonid não está aqui? Se eu pelo menos soubesse se a propriedade foi vendida ou não! O desastre me parece tão improvável que não sei o que pensar, estou perdida... me dá vontade de gritar... ou de fazer alguma bobagem. Salve-me, Piotr. Diga alguma coisa, diga alguma coisa.

TROFIMOV

Não é a mesma coisa se a propriedade foi vendida hoje ou não? Está tudo encerrado há muito tempo; não há como voltar atrás, o caminho já foi percorrido. Fique calma, querida, não deve se iludir, pelo menos uma vez na vida deve encarar a verdade sem pestanejar.

LIUBA

Que verdade? Você sabe onde está a verdade e onde está a mentira, mas parece que perdi a visão e não vejo nada. Você resolve corajosamente todas as questões importantes, mas diga-me, querido, não é porque você é jovem, porque não teve tempo de sofrer até resolver um só de seus problemas? Você enfrenta tudo com ousadia, não é porque você não pode prever ou esperar nada de terrível, mas não será porque até agora a vida se escondeu a seus jovens olhos? Você é mais ousado, mais honesto, mais profundo do que nós, mas pense apenas, seja um pouco magnânimo e tenha misericórdia de mim. Eu nasci aqui, meu pai e minha mãe moravam aqui, meu avô também, eu amo esta casa. Eu não poderia imaginar minha vida sem o jardim de cerejeiras e, se deve realmente ser vendido, que me vendam com ele! (*Abraça TROFIMOV, beija-lhe a testa.*). Meu filho se afogou aqui... (*Chora*) Tenha piedade de mim, homem bom e gentil!

TROFIMOV

Sabe que simpatizo profundamente com a senhora, de todo o meu coração.

LIUBA

Sim, mas isso deveria ser proferido de modo diferente, bem diferente... (*Apanha outro lenço, um telegrama cai no chão.*) Meu coração está para se partir, hoje, você não pode imaginar. Estão fazendo muito barulho aqui, minha alma treme a cada som. Tremo toda, não posso ir embora sozinha, tenho medo do silêncio. Não me julgue com severidade, Piotr... Eu o amava, como se fosse de minha família. De bom grado deixaria Ânia se casar com você, juro, só que, meu querido, você deveria trabalhar, terminar seus estudos. Você não faz nada, se deixa levar para um lado e para outro pelo destino, é tão estranho... Não é verdade? Sim? E deveria fazer alguma coisa em sua barba para que ela cresça melhor (*Ri*) Você é engraçado!

TROFIMOV

(*Recolhendo o telegrama.*) Não quero ser um *Beau Brummel*[8].

LIUBA

Este telegrama veio de Paris. Recebo um por dia. Ontem e hoje. Aquele homem selvagem está doente de novo, está mal de novo... Implora por perdão e suplica para que eu vá a Paris, e eu realmente deveria ir, para estar perto dele. Você parece severo, Piotr, mas o que posso fazer, meu querido, o que posso fazer; ele está doente, está sozinho, infeliz, e quem vai cuidar dele, quem vai afastá-lo

---

8 George Bryan "Beau" Brummell (1778-1840), cidadão britânico, modelo de estilo e de beleza na época, figura de destaque nas altas rodas da sociedade inglesa da época. (N.T.)

de seus erros, dar-lhe o remédio na hora certa? E por que deveria esconder isso e não dizer nada? Eu o amo, é claro, eu o amo, eu o amo... Esse amor é uma pedra em volta de meu pescoço; vou com ela até o fundo, mas amo aquela pedra e não vivo sem ela. (*Aperta a mão de TROFIMOV.*) Não pense mal de mim, Piotr, não me diga nada, não diga...

TROFIMOV

(*Chorando*) Pelo amor de Deus, perdoe minha franqueza, mas aquele homem a roubou!

LIUBA

Não, não, não, não deveria dizer isso! (*Tapa os ouvidos.*)

TROFIMOV

Mas ele é um pilantra, só a senhora não percebe! Ele é um ladrão, um canalha...

LIUBA

(*Irritada, mas contida.*) Você tem 26 ou 27 anos e ainda é um estudante de segunda classe!

TROFIMOV

Que seja! E daí?

LIUBA

Você deveria se comportar como homem, nessa idade deveria ser capaz de compreender aqueles que amam. E você mesmo deve estar apaixonado, deve se apaixonar! (*Irritada*) Sim, sim! Você não é puro, é apenas uma aberração, um sujeito estranho, um anormal...

TROFIMOV

(*Horrorizado*) O que é que ela está dizendo!

LIUBA

"Estou acima do amor!" Você não está acima do amor, você é apenas o que nosso Fiers chama de trapalhão. Não ter uma amante em sua idade!

TROFIMOV

(*Horrorizado*) Isso é horrível! O que é que ela está dizendo? (*Vai rapidamente para a sala, com as mãos na cabeça.*) É horrível... não aguento isso, vou embora. (*Sai, mas volta imediatamente.*) Está tudo acabado entre nós! (*Sai*)

LIUBA

(*Gritando atrás dele.*) Piotr, espere! Seu bobo, eu estava brincando! Piotr! (*Ouve-se alguém saindo e caindo ruidosamente escada abaixo. ÂNIA e VÁRIA gritam; logo depois ouvem-se risos.*) O que foi isso?

(*ÂNIA entra correndo, rindo.*)

ÂNIA

Piotr caiu lá embaixo! (*Sai correndo.*)

LIUBA

Esse Piotr é um espetáculo.

(*O CHEFE DA ESTAÇÃO fica no meio da sala e recita "Madalena" de Tolstoi.[9] Ele é ouvido, mas depois de algumas frases se ouve uma valsa na sala da frente, e a recitação é interrompida. Todos dançam. TROFIMOV, ÂNIA, VÁRIA e LIUBA ANDREIEVNA chegam da sala da frente.*)

LIUBA

Bem, Piotr... sua alma pura... desculpe-me... vamos dançar.

---

[9] "Madalena, a pecadora" pequena estória de Lev Nikolaievitch Tolstoi (1828-1910), escritor russo. (N.T.)

(*Ela dança com PIOTR. ÂNIA e VÁRIA dançam. FIERS entra e põe sua bengala ao lado da porta. IASHA também entrou e assiste à dança.*)

IASHA

Tudo bem, vovô?

FIERS

Não estou me sentindo bem. Algum tempo atrás, em nossos bailes havia generais, barões e almirantes dançando e agora mandamos chamar os funcionários dos correios e o chefe da estação, e até eles vêm por especial favor. Estou ficando muito fraco. O falecido patrão, o avô desses rapazes, costumava dar a todos cera lacre quando algo estava errado. Eu tomo cera lacre todos os dias há mais de vinte anos; talvez por isso ainda estou vivo.

IASHA

Estou farto de você, vovô. (*Boceja*) Por que não se apressa um pouco e bate as botas?

FIERS

Oh seu... trapalhão! (*Resmunga*)

(*TROFIMOV e LIUBA ANDREIEVNA dançam na sala de recepção, depois na sala de estar.*)

LIUBA

Obrigada... vou me sentar. (*Senta-se*) Estou cansada.

(*Entra ÂNIA.*)

ÂNIA

(*Empolgada*) Alguém na cozinha estava dizendo agora mesmo que o cerejal foi vendido hoje.

LIUBA

Vendido para quem?

ÂNIA

Ele não disse para quem. E já foi embora. (*Sai dançando para a sala de recepção com TROFIMOV.*)

IASHA

Um velho estava comentando isso fazia tempo. Um estranho!

FIERS

E Leonid Andreievitch ainda não está aqui, não voltou. Ele está vestindo um sobretudo leve, meia-estação. Vai apanhar um resfriado. Ah, esses jovens!

LIUBA

Essa expectativa me mata. Vá e descubra, Iasha, para quem foi vendido.

IASHA

Ah, mas o velho foi embora faz muito tempo. (*Ri*)

LIUBA

(*Levemente irritada.*) Por que está rindo? O que é que o deixa feliz?

IASHA

Epikhodov é muito engraçado. É um bobalhão. Vinte e duas desgraças.

LIUBA

Fiers, se a propriedade for vendida, para onde é que você vai?

FIERS

Para onde a senhora me mandar.

LIUBA

Por que está assim? Está doente? Acho que deveria ir para a cama...

FIERS

Sim... (*Com um sorriso.*) Se eu for para a cama, quem vai dar ordens aqui, sem mim? Estou sozinho para atender a casa inteira!

IASHA

(*Para LIUBA ANDREIEVNA*) Liuba Andreievna! Vou lhe pedir um favor, se me permitir! Se a senhora for a Paris outra vez, então, por favor, me leve junto. Para mim, é totalmente impossível permanecer aqui. (*Olhando em volta; em tom baixo.*) E seria preciso falar sobre isso, pois a senhora vê com os próprios olhos que este é um país sem educação, com uma população imoral, além de ser enfadonho. A comida é intragável e, mais ainda, com esse Fiers andando por aí resmungando coisas inapropriadas. Leve-me com a senhora, por gentileza!

(*Entra PISHTCHIK.*)

PISHTCHIK

Poderia conceder-me o prazer de uma pequena valsa, minha cara senhora?... (*LIUBA ANDREIEVNA vai até ele.*) Mas mesmo assim, maravilhosa mulher, poderia receber da senhora 180 rublos... deveria... (*Eles dançam.*) 180 rublos... (*Passam para a sala de visitas.*)

IASHA

(*Canta baixinho.*)

"Ah, você vai entender

A profunda inquietação da minha alma?"

(*Na sala de estar, uma figura de cartola cinza e calça xadrez folgada está acenando com as mãos e pulando; há gritos de "Bravo, Charlotta Ivanovna!"*)

DUNIASHA

(*Parando para passar pó no rosto.*) A jovem patroa me manda dançar... há muitos cavalheiros, mas poucas damas... minha cabeça gira quando danço e meu coração bate em descompasso, Fiers Nicolaevitch; o funcionário dos correios me disse agora mesmo uma coisa que me fez perder o fôlego. (*A música fica fraca.*)

FIERS

O que lhe disse?

DUNIASHA

Disse: "Você é como uma florzinha".

IASHA

(*Boceja*) Indelicado... (*Sai*)

DUNIASHA

Como uma florzinha. Eu sou uma garota delicada e simplesmente adoro palavras de ternura.

FIERS

Você vai perder a cabeça.

(*Entra EPIKHODOV.*)

EPIKHODOV

Você, Avdotia Fedorovna, não quer me ver mais do que um pobre inseto. (*Suspira*) Ah, vida!

DUNIASHA

O que quer?

EPIKHODOV

Sem dúvida, você pode estar com a razão. (*Suspira*) Mas, certamente, se você considerar o assunto de seu ponto de vista, então, você, se assim posso dizer – e deverá desculpar minha franqueza – me reduziu a esse estado de espírito. Conheço meu destino, todos os dias acontece comigo um infortúnio e já me acostumei a isso há muito tempo, tanto que até encaro meu destino com um sorriso. Você me deu sua palavra, e embora eu...

DUNIASHA

Por favor, vamos conversar mais tarde, mas me deixe em paz agora. Estou meditando nesse momento. (*Brinca com o leque.*)

EPIKHODOV

Todos os dias algo de ruim me acontece, e eu, se assim posso me expressar, apenas sorrio e até rio.

(*VÁRIA entra, vindo da sala de visitas.*)

VÁRIA

Você ainda não foi, Simeon? Realmente, você não respeita ninguém. (*Para DUNIASHA*) Vá embora, Duniasha. (*Para EPIKHODOV*) Joga bilhar, quebra um taco e anda pela sala como se fosse um visitante!

EPIKHODOV

Você não pode, se assim posso dizer, me dar ordens.

VÁRIA

Não estou lhe dando ordens, só estou fazendo uma observação. Você simplesmente anda de um lugar para outro e nunca faz seu trabalho. Só Deus sabe por que mantemos um funcionário.

PIKHODOV

(*Ofendido*) Se eu trabalho, ou ando por aí, ou como, ou jogo bilhar, é uma questão que só pode ser julgada por pessoas mais velhas e investidas de autoridade.

VÁRIA

Você se atreve a falar assim comigo! (*Furiosa*) Você se atreve? Quer dizer que eu não sei nada? Saia daqui! Agora mesmo!

EPIKHODOV

(*Nervoso*) Permito-me lhe pedir que se expresse com mais delicadeza.

VÁRIA

(*Fora de si.*) Saia daqui imediatamente! Saia! (*Ele vai até a porta, ela o segue.*) Vinte e duas desgraças! Não quero ver nem sinal seu aqui! Suma daqui! (*EPIKHODOV saiu; sua voz pode ser ouvida lá fora: "Vou processá-la!"*) O quê, voltando? (*Apanha a bengala deixada por FIERS ao lado da porta.*) Vá... vá... vá, vou lhe mostrar... Vai ou não vai? Está indo? Bem, então tome isso. (*Ela bate quando LOPAKHIN entra.*)

LOPAKHIN

Muito obrigado!...

VÁRIA

(*Irritada, mas irônica.*) Desculpe-me.

LOPAKHIN

Não há de quê. Agradeço-lhe pela agradável recepção.

VÁRIA

Como se fosse o caso de agradecer. (*Vai embora, depois olha para trás e pergunta com delicadeza.*) Eu o machuquei?

LOPAKHIN

Não, de jeito nenhum. Só vai aparecer um belo de um galo, só isso.

O Jardim das Cerejeiras

VOZES DA SALA DE ESTAR

Lopakhin voltou! Iermolai Alekseievitch!

PISHTCHIK

Agora vamos ver o que há para ver e ouvir o que há para ouvir... (*Beija LOPAKHIN.*) Você cheira a conhaque, meu caro, meu amigo. Aqui, nós também andamos nos divertindo.

(*Entra LIUBA ANDREIEVNA.*)

LIUBA

É você, Iermolai Alekseievitch? Por que demorou tanto? Onde está Leonid?

LOPAKHIN

Leonid Andreievitch voltou comigo, está chegando...

LIUBA

(*Ansiosa*) Bem, então? E o leilão? Fale!

LOPAKHIN

(*Confuso, com receio de mostrar seu prazer.*) O leilão terminou às 4 horas... Perdemos o trem e tivemos de esperar até às 9h30. (*Suspira pesadamente.*) Uuh! Minha cabeça... estou meio tonto.

(*Entra GAIEV; com a mão direita carrega as coisas que comprou e, com a esquerda, enxuga as lágrimas.*)

LIUBA

Leon, o que aconteceu? Leon? (*Impaciente, em lágrimas.*) Depressa, pelo amor de Deus!...

GAIEV

(*Não diz nada, apenas acena com a mão; Para FIERS, chorando.*) Aqui, tome isso... Anchovas e arenques de Kertch... Não comi nada hoje... Tive um dia daqueles! (*A porta da sala de bilhar está aberta; ouve-se o clique das bolas e a voz de IASHA, "Sete, dezoito!" A expressão de GAIEV muda, não chora mais.*) **Estou muito cansado. Ajude-me a trocar de roupa, Fiers.**

(*Sai pela sala de visitas; FIERS atrás dele.*)

PISHTCHIK

O que aconteceu? Vamos, conte-nos!

LIUBA

O jardim das cerejeiras foi vendido?

LOPAKHIN

O cerejal foi vendido.

LIUBA

Quem o comprou?

LOPAKHIN

Eu.

(*LIUBA ANDREIEVNA está arrasada; cairia, se não estivesse apoiada numa poltrona e a uma mesa. VÁRIA tira as chaves do cinto, joga-as no chão, no meio da sala e sai.*)

LOPAKHIN

Eu o comprei! Esperem, senhoras e senhores, por favor, minha cabeça está rodopiando, não consigo falar... (*Ri*) Quando chegamos ao local do leilão, Deriganov já estava lá. Leonid Andreievitch tinha apenas 15 mil rublos, e Deriganov ofereceu 30 mil além da hipoteca, para começar. Eu vi como as coisas estavam, então eu subi o lance para 40 mil. Ele foi a 45, eu ofereci 55. Isso significa que ele subia cinco por vez e eu dez... Bem, chegou ao fim. Ofereci

90 mil no último lance; e ficou comigo. O jardim das cerejeiras agora é meu, meu! (*Resmunga com risos.*) Meu Deus, meu Deus, o jardim das cerejeiras é meu! Digam-me, estou bêbado, louco, ou estou sonhando... (*Bate os pés.*) Não riam de mim! Se meu pai e meu avô se levantassem de seus túmulos e olhassem para todo esse negócio, e vissem como seu Iermolai, seu Iermolai espancado e sem instrução, que costumava correr descalço no inverno, como esse mesmo Iermolai comprou agora uma propriedade, que é a coisa mais linda do mundo! Comprei a propriedade onde meu avô e meu pai eram escravos, onde nem sequer podiam entrar na cozinha. Estou dormindo, é só um sonho, uma ilusão... É fruto da imaginação, envolta na névoa do desconhecido... (*Recolhe as chaves, sorrindo afavelmente.*) Ela jogou as chaves, queria mostrar que não era mais dona aqui... (*Faz as chaves tinir.*) Bem, tanto faz! (*Ouve-se a banda afinando.*) Hei, músicos, toquem, quero ouvi-los! Venham ver Iermolai Lopakhin levantar seu machado no jardim das cerejeiras, venham ver cada uma dessas árvores caindo! Vamos construir chalés aqui e nossos netos e bisnetos vão ver uma nova vida aqui... Toquem, música! (*A banda toca. LIUBA ANDREIEVNA afunda numa cadeira e chora amargamente. LOPAKHIN continua em tom de recriminação.*) Por que, então, por que não seguiu meu conselho? Minha pobre e querida mulher, agora já vai tarde. (*Chora*) Oh, tomara que tudo isso termine logo, tomara que nossa vida desigual e infeliz possa mudar!

PISHTCHIK

(*Pega-o pelo braço e diz em voz baixa.*) Ela está chorando. Vamos para a sala de estar, vamos deixá-la sozinha... vamos... (*e o leva para fora.*)

LOPAKHIN

O que é isso? Rapazes, toquem, música! Vamos lá, toquem, que eu gosto e quero! (*Irônico*) O novo dono, o dono do jardim das cerejeiras está chegando! (*Acidentalmente bate numa mesinha e quase derruba o candelabro.*) **Eu posso pagar tudo!** (*Sai com PISHTCHIK.*)

(*Na sala de recepção e na sala de visitas ninguém permanece, exceto LIUBA ANDREIEVNA, que está sentada, encolhida e chorando amargamente. A banda toca suavemente. ÂNIA e TROFIMOV chegam rapidamente. ÂNIA vai até a mãe e se ajoelha na frente dela. TROFIMOV fica na entrada da sala de estar.*)

ÂNIA

Mãe! Mãe, você está chorando? Minha querida, amável e boa mãe, minha linda mãe, eu a amo! Que Deus a abençoe O jardim das cerejeiras foi vendido, não o temos mais, é verdade, é verdade, mas não chore, mãe, você ainda tem sua vida pela frente, você ainda tem sua bela alma pura... Venha comigo, venha, querida, vamos embora daqui, venha! Plantaremos um novo jardim, mais belo que esse, e o verá e vai se conformar. E uma alegria profunda, uma alegria nova e suave penetrará em sua alma, como o sol da tarde, e você vai sorrir, mãe! Venha querida, vamos!

(*Cai o pano.*)

QUARTO ATO

(*O palco está montado como no Primeiro Ato. Não há cortinas nas janelas, nem quadros; restam apenas alguns móveis empilhados num canto, como se estivessem à venda. Sente-se o vazio. Junto à porta que dá para fora da casa e ao fundo do palco, malas e apetrechos de viagem estão amontoados. A porta da esquerda está aberta; as vozes de VÁRIA e ÂNIA podem ser ouvidas através dela. LOPAKHIN está de pé, esperando. IASHA segura uma bandeja com taças de champanhe. Lá fora, EPIKHODOV está amarrando uma caixa. Vozes são ouvidas atrás do palco. Os camponeses vieram se despedir. Ouve-se a voz de GAIEV: "Obrigado, irmãos, obrigado".*)

IASHA

As pessoas comuns vieram se despedir. A meu ver, Iermolai Alekseievitch, são boas pessoas, mas um tanto ignorantes.

(*As vozes somem. LIUBA ANDREIEVNA e GAIEV entram. Ela não está chorando, mas está pálida, seu rosto treme; mal consegue falar.*)

GAIEV

Você lhes entregou a bolsa, Liuba. Não pode continuar assim, não pode!

LIUBA

Não pude evitar, não pude! (*Saem*)

LOPAKHIN

(*Na porta, chamando por eles.*) Por favor, peço-lhes muito humildemente! Apenas uma taça para dizer adeus. Não me lembrei de trazer da cidade e só encontrei uma garrafa na estação. Por favor, vamos! (*Pausa*) Não querem mesmo? (*Afasta-se da porta.*) Se eu soubesse... nem comprava. Bem, então eu também não vou beber. (*IASHA põe a bandeja cuidadosamente numa cadeira.*) Iasha, beba você! Pode beber.

IASHA

Aos que partem! E boa sorte aos que ficam! (*Bebe*) Posso garantir que não é champanhe legítimo.

LOPAKHIN

Oito rublos a garrafa. (*Pausa*) Está um frio dos diabos aqui.

IASHA

Não vai haver lareira acesa hoje, estamos indo embora. (*Ri*)

LOPAKHIN

O que há com você?

IASHA

Nada. Estou satisfeito. Só isso.

LOPAKHIN

Já é outubro, mas está ensolarado e tranquilo como se fosse verão. Bom para construir. (*Olhando para o relógio e falando pela porta.*) Senhoras e senhores, lembrem-se de que faltam apenas 47 minutos para o trem partir! Devem estar na estação em vinte minutos. Apressem-se.

(*TROFIMOV, de sobretudo, vem do pátio.*)

TROFIMOV

Acho que está na hora de partir. As carruagens estão esperando. Onde, diabos, estão minhas galochas? Perdidas por aí. (*Através da porta.*) Ânia, não consigo encontrar minhas galochas! Não consigo!

LOPAKHIN

Eu tenho de ir para Kharkov. Vou no mesmo trem, mas desço em Kharkov, onde vou passar o inverno inteiro. Permaneci muito temo à toa aqui, junto de vocês, fiquei quase enferrujado por falta de trabalho. Não consigo viver sem trabalhar. Devo ter algo a fazer com estas mãos, que andam balançando o dia todo como se não fossem minhas.

TROFIMOV

Estamos indo agora, e em breve você poderá voltar a suas atividades úteis.

LOPAKHIN

Tome uma taça!

TROFIMOV

Não.

LOPAKHIN

Então você está indo para Moscou?

TROFIMOV

Sim. Vou até a cidade com eles e amanhã parto para Moscou.

LOPAKHIN

Pois é... Acho que os professores não vão dar aula por esses dias, certamente devem estar esperando por você!

TROFIMOV

Isso não é de sua conta.

LOPAKHIN

Há quantos anos você frequenta a universidade?

TROFIMOV

Invente alguma coisa nova. Essa piadinha já é velha e sem graça. (*Procurando as galochas.*) Pelo jeito, creio que não vamos mais nos encontrar, então permita-me dar-lhe um conselho antes de nos despedirmos: "Não fique abanando com as mãos! Livre-se desse hábito. E mais, construir chalés e esperar que um dia seus ocupantes, com o tempo, se tornem agricultores... é a mesma coisa, é ficar com as mãos abanando... Quer queira quer não, eu gosto de você. Você tem dedos finos e delicados, como os de um artista, e tem uma alma fina e delicada..."

LOPAKHIN

(*Abraça-o*) Adeus, caro amigo. Obrigado por tudo. Se estiver precisando, posso lhe dar um dinheiro para a viagem.

TROFIMOV

Para quê? Não quero.

LOPAKHIN

Mas você deve estar sem dinheiro nenhum!

TROFIMOV

Tenho um pouco, obrigado; Recebi uns trocados por uma tradução. Está aqui no bolso. (*Nervoso*) Mas não consigo encontrar minhas galochas!

VÁRIA

(*Da outra sala.*) Estão aqui, tome seu lixo! (*Joga um par de galochas de borracha no palco.*)

TROFIMOV

Por que está zangada, Vária? Hum! Não são as minhas!

LOPAKHIN

Na primavera, semeei 3 mil acres de papoulas e obtive 40 mil rublos de lucro líquido. E quando minhas papoulas estavam floridas, que belo quadro! Então, como estava dizendo, ganhei 40 mil rublos, e com isso quero dizer que não me custaria nada emprestar-lhe algum dinheiro. Por que torce o nariz? Sou um simples camponês...

TROFIMOV

Seu pai era camponês, o meu era farmacêutico, e isso não significa absolutamente nada. (*LOPAKHIN tira a carteira.*) Não, não... Mesmo que me desse 20 mil, eu recusaria. Sou um homem livre. E tudo o que todos vocês, ricos e pobres, valorizam tanto e que tanto ambicionam, para mim, não faz o menor sentido; é como um floco de algodão ao vento. Posso prescindir de você, posso viver sem você. Sou forte e orgulhoso. A humanidade caminha para verdades mais elevadas e para uma felicidade maior, como só é possível na terra, e eu vou nas fileiras da frente!

LOPAKHIN

Vai chegar lá?

TROFIMOV

Vou. (*Pausa*) Vou chegar lá e mostrar o caminho aos outros. (*Ouve-se o som de machados cortando árvores.*)

LOPAKHIN

Adeus, meu velho! Está na hora de partir. Estamos aqui nos provocando um ao outro, enquanto a vida segue seu caminho o tempo todo. Quando trabalho muito tempo e não me canso, então penso com mais facilidade e acho que consigo entender porque existo. E há tantas pessoas na Rússia, meu irmão, que vivem por viver, sem objetivo algum. Ainda assim, o trabalho é fundamental. Dizem que Leonid Andreievitch conseguiu um emprego num banco; vai receber 60 mil rublos por ano... Mas não vai aguentar o tirão; é muito preguiçoso.

ÂNIA

(*Na porta.*) Mamãe mandou perguntar se não vai pedir que parem de cortar o cerejal antes que ela parta.

TROFIMOV

Sim, realmente, você deveria ter mais tato para não fazer isso. (*Sai*)

LOPAKHIN

Tudo bem, tudo bem... Sim, está certo. (*Sai*)

ÂNIA

Levaram Fiers para o hospital?

IASHA

Dei instruções para tanto hoje de manhã. Acredito que o levaram.

ÂNIA

(*Para EPIKHODOV, que atravessa a sala.*) Simeon Panteleievitch, por favor, pergunte se Fiers foi levado ao hospital.

IASHA

(*Ofendido*) Eu disse a Egor para levá-lo, esta manhã. Para que perguntar dez vezes!

EPIKHODOV

Em minha definitiva opinião, não vale a pena tentar prolongar a vida do velho Fiers com cuidados médicos; é melhor que seus antepassados o recebam no além. Eu só o invejo. (*Coloca um baú em cima de uma caixa de chapéus e a esmaga.*) Bem, claro. É o que penso! (*Sai*)

IASHA

(*Sorrindo*) Vinte e duas desgraças!

VÁRIA

(*Atrás da porta.*) Fiers foi levado para o hospital?

ÂNIA

Sim.

VÁRIA

Por que não levaram a carta ao médico?

ÂNIA

Alguém vai ter de levá-la. (*Sai*)

VÁRIA

(*Na sala ao lado.*) Onde está Iasha? Digam-lhe que a mãe dele está aqui e quer se despedir dele.

IASHA

(*Gesticulando*) Ela vai acabar com minha paciência!

(*DUNIASHA esteve ocupada com a bagagem; agora que IASHA está sozinho, vai até ele.*)

DUNIASHA

Não olhou para mim nem uma só vez, Iasha. Está indo embora, me abandona. (*Chora e o abraça.*)

IASHA

E adianta chorar? (*Bebe champanhe.*) Daqui a seis dias vou estar novamente em Paris. Amanhã tomamos o expresso e partimos. Mal posso acreditar. Viva a França! Isso aqui não me serve, não posso viver aqui... não faz sentido. Estou cansado desse mundo incivilizado; já o aturei demais. (*Bebe champanhe.*) Por que está chorando? Comporte-se como deve e não há por que chorar.

DUNIASHA

(*Olhando-se no espelho, passa pó no rosto.*) Mande-me uma carta de Paris. Você sabe quanto o amei, Iasha! Sou muito sensível, Iasha.

IASHA

Alguém está vindo aí.

(*Mexe na bagagem, cantando baixinho. Entram LIUBA ANDREIEVNA, GAIEV, ÂNIA e CHARLOTTA IVANOVNA.*)

GAIEV

Vamos indo. Não há mais tempo. (*Olha para IASHA.*) Alguém cheira a arenque!

LIUBA

Dentro de dez minutos estaremos acomodados nas carruagens... (*Olha em volta.*) Adeus, casa querida, velho lar de meus antepassados!

O inverno vai passar, vai chegar a primavera e então você não existirá mais, será derrubada. Quanta coisa essas paredes viram! (*Beija apaixonadamente a filha.*) Meu tesouro, você está radiante, seus olhos brilham como duas joias! Está feliz? Muito?

ÂNIA

Muito! Uma nova vida está começando, mãe!

GAIEV

(*Alegremente*) Sim, realmente, está tudo bem agora. Antes da venda do jardim das cerejeiras, estávamos todos angustiados, sofrendo; mas, depois que a questão foi resolvida de uma vez por todas, nos acalmamos e ficamos até alegres. Agora sou um funcionário do banco e um financista... vermelha no meio; e você, Liuba, por algum motivo ou outro, parece melhor agora, não há dúvida.

LIUBA

Sim. Meus nervos estão melhor, é verdade. (*Põe o casaco e o chapéu.*) Estou dormindo bem. Leve minha bagagem, Iasha. Está na hora. (*Para ÂNIA*) Minha filhinha, logo nos veremos de novo... Estou indo para Paris. Vou viver com o dinheiro que sua avó de Iaroslav me enviou para resgatar a propriedade – que Deus a abençoe! – embora saiba que esse dinheiro não vai durar muito.

ÂNIA

Vai voltar logo, logo, mãe, não é? Vou me preparar e passar nos exames da escola, e depois vou trabalhar para ajudá-la. Vamos ler todos os tipos de livros juntas, não é? (*Beija as mãos da mãe.*) Vamos ler nas noites de outono, vamos ler muitos livros e um mundo novo e lindo se abrirá diante de nós... (*Pensativa*) Volte logo, mãe...

LIUBA

Vou voltar, minha querida. (*Abraça-a*)

(*Entra LOPAKHIN. CHARLOTTA cantarola.*)

GAIEV

Charlotta está feliz; está cantando!

CHARLOTTA

(*Apanha a trouxa, que parece um bebê envolto em panos.*) Meu bebezinho, adeus! (*O bebê parece responder: "Uá! Uá!"*) Cale-se, meu bom menino. (*"Uá! Uá!"*) Sinto muito por você! (*Joga a trouxa de volta.*) Então, por favor, me arranjem um novo emprego. Não posso continuar assim.

LOPAKHIN

Vamos arranjar um, Charlotta Ivanovna, não tenha medo.

GAIEV

Todos estão nos deixando. Vária está indo embora... de repente nos tornamos desnecessários.

CHARLOTTA

Não tenho onde morar na cidade. Vou embora também. (*Cantarola*) Não importa.

(*Entra PISHTCHIK.*)

LOPAKHIN

Maravilha da natureza!

PISHTCHIK

(*Sem fôlego.*) Oh, deixe-me recuperar o fôlego... Estou exausto... Meus honrados senhores, um pouco de água, por favor...

GAIEV

Vem por dinheiro, é? Sou seu humilde servo e vou embora, para ficar longe da tentação. (*Sai*)

PISHTCHIK

Faz tanto tempo que não venho aqui... minha cara senhora. (*Para LOPAKHIN*) Você está aqui? Prazer em vê-lo... homem de notável cérebro... tome isso... tome... (*Dá dinheiro a LOPAKHIN.*) Quatrocentos rublos... Ficam faltando 840...

LOPAKHIN

(*Dá de ombros, surpreso.*) Parece que estou sonhando. Onde conseguiu isso?

PISHTCHIK

Espere um pouco... faz calor... Aconteceu uma coisa totalmente inesperada. Alguns ingleses entraram em minhas terras e encontraram um tipo de argila branca... (*Para LIUBA ANDREIEVNA*) E aqui estão 400 rublos para a senhora... bela dama... (*Dá-lhe o dinheiro.*) Dou-lhe o resto depois... (*Bebe água.*) Agora mesmo um jovem no trem estava dizendo que algum grande filósofo nos aconselha a pular dos telhados. "Pulem!", diz ele, e tudo se resolve. (*Atônito*) Imaginem só! Mais água!

LOPAKHIN

Quem eram esses ingleses?

PISHTCHIK

Aluguei a terra para a extração da argila branca por um período de 24 anos... Agora, me desculpem, não tenho mais tempo... Devo ir... Vou a Znoikov e a Kardamonov... Estou devendo dinheiro por lá, vou pagar a todos... (*Bebe*) Adeus. Na quinta-feira estarei de volta.

LIUBA

Estávamos justamente saindo para a cidade e amanhã eu vou para o exterior.

PISHTCHIK

(*Agitado*) O quê? Por que para a cidade? Estou vendo móveis... baús... Bem, não importa. (*Chorando.*) Não importa. Esses ingleses são homens de imenso intelecto... Não importa... Seja feliz... Deus a ajudará... Não faz mal... Tudo nesse mundo chega ao fim... (*Beija a mão de LIUBA ANDREIEVNA.*) E se um dia tiver notícia de meu fim, lembre-se deste velho... cavalo e diga: "Houve um tal Simeonov-Pishtchik, que Deus acolha sua alma..." Tempo maravilhoso... sim... (*Sai profundamente emocionado, mas volta até a porta e diz:*) Dashenka manda lembranças! (*Sai*)

LIUBA

Agora podemos ir. Mas estou preocupada com duas coisas. A primeira se refere ao pobre Fiers (*Olha para o relógio.*) Ainda temos cinco minutos...

ÂNIA

Mãe, Fiers já está no hospital. Iasha mandou levá-lo pela manhã.

LIUBA

A segunda é Vária. Ela está acostumada a acordar cedo e trabalhar; e agora, sem ter o que fazer, é como um peixe fora d'água. Está magra e pálida, e vive chorando, pobrezinha... (*Pausa*) Sabe muito bem, Iermolai Alekseievitch, que eu esperava casá-la com você; suponho que você vai se casar com alguém. (*Sussurra a ÂNIA, que acena com a cabeça para CHARLOTTA, e as duas saem.*) Ela o ama, ela é de seu tipo, e eu não entendo, realmente não entendo, por que vocês dois parecem se evitar. Não entendo!

LOPAKHIN

Para falar a verdade, eu mesmo não entendo. É tudo tão estranho... Se ainda houver tempo, estarei pronto de imediato... Vamos acabar com isso de uma vez por todas; sem a senhora por aqui, parece que me falta coragem para dar esse passo...

LIUBA

Excelente! Num minuto estará tudo feito. Vou chamá-la.

LOPAKHIN

O champanhe já está servido. (*Olhando para as taças.*) Estão vazias. Beberam tudo. (*IASHA tosse.*) Lamberam tudo...

LIUBA

(*Animada*) Excelente! Vamos sair. Iasha, vamos! Vou chamá-la... (*Na porta.*) Vária, largue tudo e venha para cá. Venha! (*Sai com IASHA.*)

LOPAKHIN

(*Olha para o relógio.*) Sim... (*Pausa*)

(*Há um riso contido atrás da porta, um sussurro, então Vária entra.*)

VÁRIA

(*Olhando em silêncio para a bagagem.*) Não consigo encontrar...

LOPAKHIN

O que está procurando?

VÁRIA

Eu mesmo embalei e não me lembro. (*Pausa*)

LOPAKHIN

Para onde vai agora, Bárbara Mihailovna?

VÁRIA

Eu? Para a casa dos Ragulin... Entrei em acordo para cuidar da casa deles... como governanta ou algo similar.

LOPAKHIN

Em Iashnevo? A cinquenta milhas daqui! (*Pausa*) Então a vida nessa casa acabou...

VÁRIA

(*Olhando a bagagem.*) Onde está?... talvez eu tenha guardado no baú... Sim, não haverá mais vida nesta casa...

LOPAKHIN

Eu estou indo para Kharkov imediatamente... no mesmo trem que eles. Tenho muitos negócios por lá. Estou deixando Epikhodov aqui... Eu o contratei.

VÁRIA

Muito bem!

LOPAKHIN

No ano passado, nessa época, a neve já estava caindo, se bem se lembro, e agora temos esse tempo bom e ensolarado. Só que está bastante frio... três graus.

VÁRIA

Nem verifiquei. (*Pausa*) E nosso termômetro quebrou... (*Pausa*)

VOZ NA PORTA

Iermolai Alekseievitch!

LOPAKHIN

(*Como se só estivesse esperando por esse chamado.*) Já vou (*Sai rapidamente.*)

(*VÁRIA, sentada no chão, descansa o rosto numa trouxa de roupas e chora suavemente. A porta se abre. LIUBA ANDREIEVNA entra com cuidado.*)

LIUBA

Bem... (*Pausa*) Temos de ir.

VÁRIA

(*Não está chorando mais, enxuga os olhos.*) Sim, já está na hora, mãe. Posso chegar à casa dos Ragulin ainda hoje, se não perder o trem...

LIUBA

(*Na porta.*) Ânia, apanhe suas coisas. (*Entra ÂNIA, depois GAIEV, CHARLOTTA IVANOVNA. GAIEV veste um sobretudo quente com uma capa. Um criado e cocheiros entram. EPIKHODOV cuida da bagagem.*) Agora podemos partir.

ÂNIA

(*Alegre*) Vamos lá!

GAIEV

Meus amigos, meus caros amigos! Posso ficar calado, deixando essa casa para sempre?... Posso me conter, ao me despedir, de expressar esses sentimentos que agora invadem todo o meu ser...?

ÂNIA

(*Implorando*) Tio!

VÁRIA

Não, tio!

GAIEV

(*Estupidamente*) Duplo, vermelha no meio... Vou ficar quieto.

(*Entra TROFIMOV, depois LOPAKHIN.*)

TROFIMOV

Bem, está na hora de partir, finalmente.

LOPAKHIN

Epikhodov, meu casaco!

LIUBA

Vou me sentar aqui mais um minuto. É como se eu nunca tivesse realmente notado como eram as paredes e o teto desta casa, e agora as olho com avidez, com um amor tão terno...

GAIEV

Recordo, quando eu tinha 6 anos, no domingo da Santíssima Trindade, sentei-me nessa janela, fiquei olhando e vi meu pai indo à igreja...

LIUBA

Já levaram tudo?

LOPAKHIN

Sim, tudo, eu acho. (*Para EPIKHODOV, vestindo o casaco.*) Cuide para que tudo ande da melhor maneira, Epikhodov.

EPIKHODOV

(*Com a voz rouca.*) Pode deixar comigo, Iermolai Alekseievitch!

LOPAKHIN

O que houve com sua voz?

EPIKHODOV

Acabei de me engasgar com alguma coisa há pouco. Estava bebendo água.

IASHA

(*Suspeitando*) Que maneiras...

LIUBA

Vamos embora, e não fica aqui viva alma...

LOPAKHIN

Até a primavera.

VÁRIA

(*Tira uma sombrinha de um pacote e parece estar acenando com ela. LOPAKHIN finge ter medo.*) O que é que há?... Nunca pensei...

TROFIMOV

Vamos lá, vamos tomar nossos lugares... está na hora! O trem logo vai chegar.

VÁRIA

Piotr, aqui estão suas galochas, perto desse baú. (*Em lágrimas.*) E como estão velhas e sujas...

TROFIMOV

(*Calçando-as*) Vamos!

GAIEV

(*Profundamente emocionado, quase chorando.*) O trem... a estação... Cruza no meio, duplo, branca no canto....

LIUBA

Vamos lá!

LOPAKHIN

Estão todos aqui? Não falta ninguém? (*Tranca a porta lateral, à esquerda.*) Há muitas coisas lá dentro. Vou trancar tudo. Vamos!

ÂNIA

Adeus, casa! Adeus, velha vida!

TROFIMOV

Bem-vinda, nova vida! (*Sai com ÂNIA.*)

(*VÁRIA olha pela sala e sai devagar. IASHA e CHARLOTTA, com seu cachorrinho, saem.*)

LOPAKHIN

Até a primavera, então! Vamos... até nos encontrarmos novamente! (*Sai*)

(*LIUBA ANDREIEVNA e GAIEV são deixados sozinhos. Como se esperassem por esse momento, caem nos braços um do outro e soluçam baixinho, temendo que alguém possa ouvi-los.*)

GAIEV

(*Em desespero.*) Minha irmã, minha irmã...

LIUBA

Meu querido, meu amável e lindo jardim! Minha vida, minha juventude, minha felicidade, adeus! Adeus!

VOZ DE ÂNIA

(*Alegremente*) Mãe!

VOZ DE TROFIMOV

(*Alegremente, animado.*) Huuu!

LIUBA

Quero olhar as paredes e as janelas pela última vez... Minha falecida mãe gostava de andar por esta sala...

GAIEV

Minha irmã, minha irmã!

VOZ DE ÂNIA

Mãe!

VOZ DE TROFIMOV

Huuu!

LIUBA

Vamos! (*Saem*)

(*O palco está vazio. Ouve-se o som de chaves sendo giradas nas fechaduras e, em seguida, o barulho das carruagens indo embora. É tranquilo. Então o som de um machado contra as árvores. Ouvem-se passos. FIERS entra pela porta da direita. Ele está vestido como de costume, com uma jaqueta curta e colete branco; chinelos nos pés. Está doente. Vai até a porta e tenta a maçaneta.*)

FIERS

Está trancada. Eles foram embora. (*Senta-se num sofá.*) Eles se esqueceram de mim... Não importa, vou sentar aqui.... E Leonid Andreievitch terá ido com um sobretudo leve em vez de vestir o casaco de peles... (*Suspira ansiosamente.*) Eu não vi... Ah, esses jovens! (*Resmunga algo que não pode ser entendido.*) A vida passou e nem me dei conta. (*Deitando*) Vou me deitar... Você não tem mais força, Fiers, nada... Ah, seu... trapalhão!

(*Está deitado sem se mexer. Ouve-se o som distante, como vindo do céu, de uma corda se rompendo, morrendo tristemente. Segue-se o silêncio, e só se ouve o som, a alguma distância, do machado desferido contra as árvores.*)

(*Cai o pano.*)

Impressão e Acabamento
Gráfica Oceano